LES DEUX FRERES,
OU
LA PRÉVENTION VAINCUE;
COMEDIE EN CINQ ACTES EN VERS.

Posteri, posteri, vestra res agitur.

Par M. DE MOISSY.

Représentée à Paris par les Comédiens François ordinaires du Roi, le Mercredi 27 Juillet 1768.

Le prix est de trente sols broché.

A PARIS,
Chez CLAUDE HERISSANT, Imprimeur-Libraire, rue Neuve Notre-Dame, à la Croix d'or.

M. DCC. LXVIII.
Avec Approbation & Privilége du Roi.

PERSONNAGES.	Acteurs.
ORONTE, pere de M. Fontaubin, & grand-pere du Marquis & du Chevalier Fontaubin.	*M. Brisard.*
FONTAUBIN, fils d'Oronte.	*M. Dauberval.*
LE MARQUIS, } freres, & fils de M. Fontaubin	*M. Bellecour.*
LE CHEVALIER, } freres, & fils de M. Fontaubin	*M. Molé.*
ORPHISE, cousine de Madame Dorigny.	*Mlle d'Epinay.*
Mde DORIGNY, jeune veuve.	*Mme Préville.*
LAURETTE, suivante de Madame Dorigny.	*Mme Bellecour.*
FRONTIN, valet du Marquis.	*M. Préville.*

La Scène est à Paris dans une maison commune à Mde Dorigny & à M. de Fontaubin.

AVERTISSEMENT.

Malgré tous les avis que j'ai reçus de continuer les représentacions de cette Comédie, j'ai pris le parti de la retirer du Théâtre, & de la faire imprimer. J'espére qu'à la lecture le public comprendra aisément l'intrigue de ce Drame, sentira l'utilité des mœurs qui y sont traitées, me passera quelques traits que j'ai hazardés dans les caractéres pour en décider l'opposition, & rendra à cet Ouvrage tout ce qu'une représentation précipitée lui a ôté.

Je crois d'ailleurs que cette Piéce a des droits sur l'indulgence du public, par les deux obligations que je me suis toujours imposées, en traitant la Comédie. La première est de n'y point employer les évènemens que nos Romans fournissent, évènemens la plûpart trop peu relatifs à la vie commune des hommes, & qui n'éblouissent trop souvent qu'aux dépens de la vraisemblance, sans remplir aucun des objets de la vraie Comédie. La seconde vient de ce que j'ai cru que l'invention du sujet étoit un danger, auquel il falloit absolument s'exposer pour en conserver le mérite à la nation, sans prendre les sujets de nos Drames dans les Œuvres du Théâtre des étrangers, qui devroient peut-être se modeler sur nous dans ce genre, plutôt que de nous rendre leurs imitateurs.

Pourquoi n'irois-je pas jusqu'à espérer du discernement de ce même public, qu'il me tiendra compte du desir que j'ai eu de lui présenter, en cherchant à l'amuser, quelques principes sur l'éducation;

matière si intéressante & qui a tant de points de vuë, qu'il est impossible que l'Auteur qui ose la traiter, sur-tout dans une Comédie, ne s'expose à plus d'une critique ?

Au reste, si l'éducation domestique que j'ai présentée dans ce Drame, n'est pas la plus en usage ; je me suis étayé du fameux Lock qui la présère à toute autre ; » parce qu'il est plus dif- » ficile, dit-il, & en même temps plus nécessaire » d'acquérir des vertus que des connoissances ; » & qu'on ne sçauroit commencer trop tôt à in- » spirer la vertu à la jeunesse, puisque les pre- » miéres impressions sont toujours les plus vives » & de plus longue durée. «

J'ai donc cherché à être utile à l'humanité. Et quand j'entre dans ces détails, c'est pour avoir quelques raisons de dire que, si la lecture de cet Ouvrage m'attire l'estime des honnêtes gens, j'en recueillerai le fruit le plus précieux que j'en attendois.

J'ai changé quelques mots qui ont paru déplaire au public.

Au lieu du fils de Lucullus que j'ai cité, j'avertis que c'est le neveu dont Cicéron & Caton ont été les précepteurs.

LES

LES DEUX FRERES,

OU

LA PRÉVENTION VAINCUE,

COMEDIE.

ACTE PREMIER.

SCENE PREMIERE.

LAURETTE, FRONTIN.

LAURETTE.

AH ! c'est toi ?

FRONTIN.

Si matin, que cherches-tu, Laurette ?

LAURETTE.

Je ne te cherche pas : ma maîtresse inquiette,

De ce malheureux jour qui doit fixer ſon choix,
Ne ſçauroit fermer l'œil ; & ſon cœur aux abois
Ne ſçait ni ce qu'il craint, ni ce qu'il prétend faire.

FRONTIN.

De mon maître voilà préciſément l'affaire ;
Il m'a communiqué dès la pointe du jour
Les contrariétés où le jette l'amour.

LAURETTE.

L'amour ! lui ?

FRONTIN.

Pourquoi non ?

LAURETTE.

Ton agréable maître
Fut-il jamais formé pour pouvoir le connoître ?

FRONTIN.

Il eſt vrai que par fois trop prompt à l'inſpirer,
On ne lui laiſſe pas le temps de ſoupirer ;
Et que les cœurs pour lui volans à leurs défaites,
Il remporte aiſément des victoires complettes.

LAURETTE.

Je le crois : les objets qui fixent ſon bonheur....

FRONTIN.

Je t'en pourrois citer qui nous feroient honneur.

LAURETTE.

Qui ? des femmes de bien, dont la vertu commode
Les décore du nom des femmes à la mode ;
Et qui, donnant le ton dans un certain Paris,
Traitent bien tout le monde, excepté leurs maris.

FRONTIN.

Oh ! que non.

LAURETTE.

Ce ſont donc de ces femmes heureuſes
Qui mettent à profit les ames généreuſes,
Sçavent paſſer leur vie avec beaucoup d'éclat,
Fraient avec les grands, font à part un état ;
Etat conſidérable, & de qui le génie
Sçait uſurper le nom de bonne compagnie,
Chez les hommes, s'entend : car à mérite égal,
Les femmes de vertu leur veulent bien du mal.

FRONTIN.

On en veut volontiers à qui nous parodie ;
Mais ce n'eſt point du tout là notre frénéſie,
Ma chere, & nous penſons beaucoup mieux que cela.

LAURETTE.

Je ne vous connois plus : à la fin m'y voilà ;
Vous offrez votre encens à ces Nymphes agiles,
Que les demi-talens rendent peu difficiles ;
Mais dont le point de vuë, agréable & flateur,
Sçait ruiner l'amant pour plaire au ſpectateur ;
D'eſſain de papillons, volatile recrue,
Qui du jour du début eſt auſſi-tôt pourvue,
Et qui connoît bien-tôt qu'un grand nombre d'amans
Eſt le plus ſûr moyen d'étayer ſes talens.

FRONTIN.

Non, non, as-tu bientôt défilé ta légende ?

LAURETTE.

Oh! ſçachons donc à qui vous portez votre offrande.

FRONTIN.

Mon maître, je l'avoue, a pu, pour se former,
S'adresser aux beautés que tu viens de nommer.
Monsieur de Fontaubin son très-honoré pere
L'a produit dans le monde avant l'âge ordinaire;
Ce qui l'a tout d'un coup fait un très-grand garçon.
Tu sçais que c'est assez la nouvelle façon;
Et le fils a dû suivre en docile personne
L'exemple journalier que son pere lui donne.

LAURETTE.

Ce pere trop facile étoit tout fait pour lui.

FRONTIN.

D'accord; mais nous changeons de systême aujourd'hui,
Mon enfant; & lassé de vivre de la sorte,
Mon maître est tout entier au penchant qui l'emporte.
Pour la premiére fois il sent que dans son cœur...
L'amour vient de glisser cette subtile ardeur....
Qui par certains ressorts... s'emparant... de son ame....
Fait agir le pouvoir d'une.... constante..... flâme,
Et son esprit troublé de crainte... & de desirs...
L'arrache pour toujours à ses premiers plaisirs.

LAURETTE.

Quel est donc le bijou, l'heureuse créature,
Qui peut s'attribuer une si belle cure?

FRONTIN.

Ne nous entend-on pas?

LAURETTE.

Non, si tu parles bas.

FRONTIN.

Entre nous, mon enfant, c'est là son embarras;

L'amour dans cet instant d'un double trait le blesse,
Il aime également Orphise & ta maîtresse;
Si bien qu'il ne sçait pas de quel côté pencher,
Ou de ces deux amours lequel il doit chasser.

LAURETTE.

Oh, s'il ne le sçait pas, moi je vais te l'apprendre:
Dis-lui qu'à ma maîtresse il cesse de prétendre.

FRONTIN.

Elle n'y pense pas, Laurette, apparemment
Ce seroit renoncer au brillant testament
De son oncle défunt, dont l'ame bienfaisante
Lui laisse argent comptant vingt mille francs de
rente,
Mais à condition qu'un fils de Fontaubin
Dans peu lui donnera son cœur avec sa main;
Ou bien à son refus que sa cousine Orphise
Pourra s'approprier cette somme promise,
Toujours au même prix. Mon maître en ce moment
A part plus que personne au susdit testament;
Et choisir l'une ou l'autre en pareille aventure,
De cet argent légué c'est doter la future.
Par son choix de ce bien il est dispensateur,
Ainsi nous fixerons l'esprit du testateur.

LAURETTE.

Plus qu'aucune des deux, à ce qu'on peut connoître,
Ce supplément de dot vient d'attendrir ton maître.
Soit: mais que dira-t-il, si sans trop s'opposer
Au vœu du testament que tu viens de gloser,
Madame Dorigny, pour finir ce mystére,
Le refusoit tout net, & préféroit son frere?

L'eſprit du teſtateur, en lui faiſant la loi,
Au moins lui laiſſe entre eux la liberté du choix.

FRONTIN.

En ce cas je dirois.... cela n'eſt pas croyable,
Le cadet Fontaubin doit être déteſtable :
Elevé par Oronte en noble payſan,
L'eſprit lourd, le ton bruſque, & le maintien péſant,
Il va ce ſoir ici nous apprêter à rire,
D'où ſon pere demain ſçaura bien l'éconduire :
Vois ſi c'eſt là pour nous un dangereux rival.

LAURETTE.

Le connois-tu?

FRONTIN.

Moi, non ; ſi j'en augure mal,
C'eſt que par ſon grand-pere inſtruit depuis l'enfance,
Il a dans ſon château grandi dans l'ignorance ;
Oronte l'a bercé de ſes antiques mœurs.
Or cet Oronte eſt un de ces vieux radoteurs,
Qui ſe piquant, dit-on, de parler comme un livre,
Voudroit tout ramener à ſa façon de vivre ;
Mais qui devroit plutôt ſe tenir convaincu
Que l'on n'en vaut pas mieux pour avoir tant vécu.
Le voici.

SCENE II.

ORONTE, LAURETTE, FRONTIN.

ORONTE *à Laurette.*

ÇA peut-on entrer chez ta maîtresse ?

LAURETTE.

Non, Monsieur, pas encore ; un chagrin qui la presse,
A troublé son sommeil pendant toute la nuit :
Elle dort maintenant.

ORONTE.

Ne faisons pas de bruit.
Mais a-t-on du chagrin, quand on est aussi belle ?

LAURETTE.

On en prend quelquefois pour une bagatelle.

FRONTIN.

Une veuve d'ailleurs prête à fixer son choix
Pour affronter l'hymen une seconde fois,
Monsieur, cela peut bien mettre martel en tête :
Mais Monsieur le Marquis devenu sa conquête
Tempérera bientôt ses agitations.

ORONTE.

Nous n'avons pas besoin de vos réfléxions :
Allez.

FRONTIN.

Ce que j'en dis, n'eſt pas pour vous déplaire.

ORONTE.

Soit.

FRONTIN.

Tout le monde ici ſçait déja le myſtére.

ORONTE.

Oh! moi, Monſieur Frontin, ce que je ſçais le mieux,
C'eſt que je n'aime point qu'un valet curieux
Se mêle de répondre avant qu'on l'interroge;
Je m'explique, je crois : vîte que l'on déloge.

Frontin ſort.

SCENE III.

ORONTE, LAURETTE.

ORONTE.

Je ne ſçaurois me faire à ces airs raiſonneurs
Qu'on permet à préſent à certains ſerviteurs :
Je m'en ſouviens très-bien, j'ai vu dans mon jeune âge
Qu'un bon valet n'étoit qu'un automate à gage,
Parlant peu, prêt à tout, & dont l'affection
Se meſuroit toujours ſur notre intention :
Maintenant ce ſont tous des Meſſieurs d'importance,
Pour qui la bonté va juſqu'à la complaiſance.

Mais

Mais qu'en résulte-t-il ? De dangereux effets :
Par là nos Laboureurs deviennent des valets,
Qui pour mieux partager la mollesse des villes,
Viennent tous s'y changer en êtres inutiles :
A ce nouvel abus, non, je ne conçois rien ;
Mais laissons ce propos. Eh bien, Laurette, eh bien !
Ai-je lieu d'espérer que ton honnête veuve,
Qui d'un second hymen doit hazarder l'épreuve,
Voudra bien préférer le jeune Fontaubin ?
Il est mon petit-fils élevé de ma main ;
La vertu dans son cœur en très-beau caractére
Fera lire qu'il est préférable à son frere.
Ce merveilleux Marquis n'est qu'un enfant gâté,
Dont son pere paroît follement entêté ;
Peut-être a-t-il séduit ton aimable maîtresse ?

LAURETTE.

Non, son choix ne sera jamais une foiblesse ;
Elle a de la raison, de l'esprit, un bon cœur :
Non, jamais le Marquis ne sera son vainqueur,
Il tient trop du défunt, & sa folie extrême
Dans un mari nouveau n'offriroit que le même.

ORONTE.

Tant mieux, ma chere ; ainsi mon autre Fontaubin....

LAURETTE.

Comme lui pourroit bien ne point avoir sa main.

ORONTE.

Un autre auroit-il eu quelqu'accès dans son ame ?

LAURETTE.

Vous l'avez dit.

ORONTE.

Qui donc ?

LAURETTE.

Oh ! l'objet qui l'enflâme,

Eſt pour moi ſi caché dans le fond de ſon cœur,
Que j'ignore le nom de ce ſecret vainqueur;
Mais je crains que ce mal ſoit un mal ſans remede.

ORONTE.

Et ſçais-tu depuis quand cet amour la poſſéde?

LAURETTE.

Non, je ſçais ſeulement que l'on ne vint à bout
De ſon premier hymen, qu'en contraignant ſon goût;
Qu'elle n'y conſentit que par l'obéiſſance
Qu'arrache des parens la ſévere puiſſance;
Mais que ſon tendre cœur, avant ce coup affreux,
Avoit nommé tout bas le héros de ſes vœux.

ORONTE.

Comment ne ſçais-tu rien de cet amour novice?

LAURETTE.

Je n'étois pas, Monſieur, encore à ſon ſervice.

ORONTE.

Et depuis ſon voyage il n'a pas reparu?

LAURETTE.

Après tout, comme avant, ici je n'ai rien vu
Qui d'un amant aimé nous offre l'encolure.

ORONTE.

Ce que tu me dis là, fait que je conjecture

Que ce premier amour par un nouvel effort
Dans son ame trop tendre a repris son essort.

LAURETTE.

Je le crois comme vous : pendant son mariage,
Madame Dorigny, trop fidéle & trop sage,
Impitoyablement a caché dans son cœur
Les traits les plus légers de sa premiére ardeur ;
Le veuvage est venu, sa tendresse couverte
A repris tous ses droits, & la plaie est rouverte.

ORONTE.

Mais ne seroit-ce pas aussi pour son époux
Que ces soupirs? ....

LAURETTE.

Pour lui! fi donc ; y pensez-vous?
Quand l'époux le meilleur & le plus raisonnable
N'a pas toujours le don de nous paroître aimable,
Voulez-vous qu'une femme, injuste en sa douleur,
Pleure un mari défunt qui faisoit son malheur ;
Un fou qui ne suivoit que l'usage commode
De vivre comme font les maris à la mode ;
Qui des loix de l'hymen n'observoit jamais rien,
Que le droit de pouvoir dissiper tout son bien?
Perfide avec éclat, & jaloux sans tendresse,
Qui pour sa femme enfin n'eut d'autre politesse
Que de mourir bientôt.

ORONTE.

Les maris de mon temps
N'étoient pas si polis, mais plus honnêtes gens.
Puisque nous ne pouvons sçavoir ce qui se passe
Chez cette honnête veuve, au moins fais-moi la grace

De ſervir mon éleve en toute occaſion ;
Il mérite les ſoins de ton affection,
Tu mériteras ceux de ma reconnoiſſance.

LAURETTE.

Oui, je vous ſervirai de toute ma puiſſance ;
Entre nous, le Marquis me déplaît, mais ſi fort,
Que ſon frere ſur lui l'emporte ſans effort :
Et quand je m'abandonne au penchant qui m'entraîne,
Je vous ſers moins, Monſieur, que je ne ſers ma haine ;
Je rejoins ma maîtreſſe, & vais voir s'il eſt jour.

ORONTE.

Dis que je ſuis venu pour lui faire ma cour.

LAURETTE.

Je n'y manquerai pas.

Elle ſort.

SCENE IV.

ORONTE, FONTAUBIN.

FONTAUBIN.

Quoi ! ſi matin, mon pere....
Que cherchez-vous ici ?

ORONTE.

Vous qu'y venez-vous faire ?
Parlez vrai.

FONTAUBIN.

Volontiers.

ORONTE.

Allons, pourquoi rêver ?
La vérité n'eſt pas difficile à trouver.

FONTAUBIN.

Je venois... comme c'eſt aujourd'hui ſans remiſe
Que l'hymen doit unir mon fils avec Orphiſe,
Si toujours l'honorant du plus parfait dédain,
Madame Dorigny lui refuſe ſa main,
Je venois demander à cette fiére veuve
Son ſentiment.

ORONTE.

Vraiment votre ambaſſade eſt neuve.
Son ſentiment ! eh bien attendez ſur cela
Qu'elle-même s'explique, elle n'en eſt pas là.

FONTAUBIN.

Vous voyez du Marquis le mérite avec peine ;
Mais pour le Chevalier votre tendreſſe vaine
Pourroit ſe compromettre en cette occaſion :
Vous avez dirigé ſon éducation
Si ſinguliérement, qu'au vrai j'en déſeſpére ;
Et le Marquis a droit, au moins dans cette affaire,
D'avoir la préférence, ou vous trouverez bon....

ORONTE.

De vous voir ſur cela raiſonner ſans raiſon ;
Car auſſi bien, mon fils, ce mal eſt ſans remede...

FONTAUBIN.

Et pourquoi penſez-vous ?

ORONTE.

Que ce *pourquoi* m'excéde ;

La fureur de jouir d'enfans à peine instruits
Fait dans le temps des fleurs qu'on veut avoir des fruits,
Et l'amour paternel n'est qu'une serre chaude,
Où l'art prétend forcer la nature par fraude.
Voilà ce qui nous fait tant de jeunes Docteurs,
Qui vieux sont des enfans sans prudence & sans mœurs :
Oui, pour suivre en tout point cette sotte méthode,
Vous n'avez du Marquis fait qu'un homme à la mode,
Dont l'abord suffisant, dont l'esprit plein d'orgueil,
Ont choqué ma raison dès le premier coup d'œil.

FONTAUBIN.

Mais si le Marquis a les défauts de son âge,
Au moins accordez-lui les qualités d'usage;
Il a le ton du jour, les graces du maintien.

ORONTE.

Il a dans tout cela tout ce qui rime à rien.

FONTAUBIN.

Si pourtant ces défauts étoient d'une nature
A tracer une route & plus courte & plus sûre
Pour arriver au but qu'il doit se proposer,
Ne trouveriez-vous pas moyen de l'excuser ?

ORONTE.

Non, en menant à bien toutes ses entreprises,
Il n'aura que le droit de faire des sottises.

FONTAUBIN.

Et comment, s'il vous plaît ?

ORONTE.

Comment ! voici comment.
Pour lui n'allez-vous pas avoir un Régiment ?

FONTAUBIN.

J'ai lieu de l'eſpérer.

ORONTE.

Oh ! la belle eſpérance !
D'aller mettre au grand jour ſa ſotte inſuffiſance ;
Avant que de ſçavoir comment il faut ſervir,
Il va donc commander & ſe faire obéir !
Et quel maître a-t-il eu dans ſa foible jeuneſſe,
Pour imprimer en lui cette prompte ſageſſe,
Qui ſçait dévancer l'âge, & faire avant le temps
Un homme bien inſtruit d'un enfant de vingt ans ?

FONTAUBIN.

Je n'ai rien épargné de ce qu'on fait apprendre
A ceux de qui le nom permet de tout prétendre.

ORONTE.

Je le veux croire : mais Cicéron & Caton
Chez les Romains étoient les précepteurs, dit-on,
Du fils de Lucullus. Dans le ſiécle où nous ſommes,
Cherche-t-on ſeulement l'ombre de ces grands hommes,
Pour montrer le chemin de toutes les vertus ?
Nous en ſommes ſi loin, que nous n'y penſons plus;
Et l'éducation, cet art ſi néceſſaire,
N'eſt qu'un obſcur métier payé d'un vil ſalaire :

Nous formons chaque jour l'art des agriculteurs,
Et négligeons le champ des vertus & des mœurs.

FONTAUBIN.

Que voulez-vous, Monsieur ? j'ai fait tout comme un autre ;
Chaque siécle a son goût, & j'ai suivi le nôtre.

ORONTE.

On a beau par l'usage être un peu combattu,
On peut dans tous les temps inspirer la vertu,
La graver dans ces cœurs que la loi naturelle
Confie aux tendres soins d'une ame paternelle ;
Et de qui la jeunesse instruite à notre voix
Ne sçait aimer, haïr, jamais qu'à notre choix.
Si je m'étois servi de la même prudence,
Lorsqu'il fut question d'instruire votre enfance,
Mon cher fils, croyez-moi, vous en vaudriez mieux,
Et nous serions ici du même avis tous deux:
Mais cédant un peu trop aux goûts de votre mere,
Je n'ai point fait pour vous tout ce qu'il falloit faire ;
Il y paroît assez : si je m'y suis mal pris,
J'ai voulu réparer mes torts dans votre fils.
Voilà tout mon dessein.

FONTAUBIN.

Votre critique est franche ;
Mais je crains bien ce soir de prendre ma revanche:
Nous verrons comme est fait ce charmant Chevalier,
Dont le mérite ici paroîtra singulier.
Instruit dans votre terre, il aura, je le gage,
Toutes les qualités d'un Seigneur de village.

ORONTE.

ORONTE.

Bon, que ne dites-vous d'un Seigneur villageois !
En vérité, mon fils, vous êtes bien bourgeois
De croire que ce n'est que dans nos grandes villes
Qu'on peut donner aux mœurs de ces leçons utiles,
Qui font qu'un homme aimable est un homme de bien :
La vertu croit par-tout, & le lieu n'y fait rien.
Dans Paris trop souvent sa semence éventée
Par les torrens du vice est bientôt emportée ;
Et les plaisirs sans nombre offerts à chaque pas,
A nos yeux éblouis cachent ses vrais appas.
J'ai pris le Chevalier dès l'âge le plus tendre,
Il vous est inconnu, mais je vais vous le rendre,
Si je viens avant lui ; je n'ai l'intention
Que de détruire en vous toute prévention,
Afin qu'en le voyant avec des yeux de pere,
Vous disiez avec moi qu'il vaudra bien son frere.
Si le vôtre a ce ton, cet air avantageux,
Ce maintien suffisant, ce regard dédaigneux ;
Le mien est doux, sincére, humain, plein de droiture ;
Mon art chez lui n'a fait qu'embellir la nature :
S'il ne babille pas effrontément de tout,
Il a du jugement, de l'esprit & du goût :
Il sçait tout ce qu'on peut bien sçavoir à son âge,
Et ce qu'on ne sçait plus.

FONTAUBIN.

Et quoi donc ?

ORONTE.

Etre sage.

FONTAUBIN.

Nous verrons tout cela : mais d'avance, Monſieur,
Je vous ſuis obligé....

ORONTE.

De rien, point de fadeur;
Madame Dorigny n'eſt pas encore viſible :
Si pour le Chevalier ſon cœur eſt inſenſible,
Vous en ferez, Monſieur, tout ce qu'il vous plaira.

FONTAUBIN.

On verra, l'on verra.

ORONTE.

Soit, Monſieur, on verra.

Fin du premier Acte.

ACTE II.

SCENE PREMIERE.

Mde DORIGNY, LE MARQUIS, ORPHISE.

ORPHISE.

EH bien ! tout à travers nombreuſe compagnie,
En trois heures au plus ma toilette eſt finie,
Qu'on diſe maintenant que je n'en finis point.

LE MARQUIS.

Oh ! vous êtes divine, unique ſur ce point ;
On n'a pouſſé jamais auſſi loin l'élégance :
Quel art, quelle coëffure, avec quelle ſcience
Chaque boucle fondue orbiculairement
Se perd l'une dans l'autre imperceptiblement.
Comment nommez-vous donc cette coëffure heureuſe ?

ORPHISE.

Elle n'a point de nom, & j'en ſuis furieuſe :

Ah! Marquis, cherchez-moi dans un nouveau
Journal,
Ou dans quelque Gazette un nom de Général
Qui se soit signalé la derniére campagne,
Soit en France, en Russie, ou bien en Allemagne ;
Pour mieux faire arriver ce nom à nos neveux,
Je le donne au ruban qu'on voit sur mes cheveux.

M^de^ DORIGNY.

C'est placer un héros en plus beau point de vuë
Que si l'on érigeoit pour lui quelque statue.

LE MARQUIS.

Je voudrois que mon nom méritât cet honneur,
Je vous le dédierois à l'instant de bon cœur.
Madame, avez-vous lû la brochure nouvelle ?

ORPHISE.

Moi ? je n'en reviens pas ; l'aimable bagatelle !

LE MARQUIS.

Avez-vous observé comme on y peint l'amour ?
Ce n'est plus ce penchant trop puissant & trop
lourd,
Qui du matin au soir, incorporant deux ames,
On leur forgeoit des fers, on leur soufloit des
flâmes ;
C'est un desir léger, agréable & charmant,
Qui sans trop le gêner rend heureux un amant :
Il n'a pour tout lien qu'une chaîne de roses,
Que nous devons cueillir dès qu'elles sont écloses,
Et qui nous autorise à traiter le plaisir,
Comme l'est une fleur du volage zéphir.

ORPHISE.

Avec quel art l'Auteur d'une plume légere
Nous fait d'un sot moment une douce chimére ?
Et sans trop nous mener jusqu'à la passion,
Dans l'esprit seulement fixe l'illusion.

LE MARQUIS.

Moi, je soutiens, malgré nos modernes Critiques,
Que nos anciens Romans en amour didactiques,
Etoient plus dangereux pour nous & pour nos mœurs
Que les nouveaux, qui tous laissent en paix les cœurs;
Et que l'esprit tout seul a la main bien plus sûre,
Pour serrer tous les nœuds qu'a tracé la nature.

ORPHISE.

Je suis de votre avis, & dit tout hautement
Qu'on écrit aujourd'hui délicieusement.

LE MARQUIS.

Pour être plus certains de notre intelligence,
Consultons, & voyons ce que Madame en pense.

ORPHISE.

Madame en est, je crois, pour les beaux sentimens.

M^de^ DORIGNY.

Je crois que c'est le cœur qui seul fait les amans,
Madame, & que l'esprit que l'on met à sa place,
N'en est que la copie, ou plutôt la grimace;
Qu'en dénaturant tout, nous avons tout perdu,
Les vrais plaisirs, les mœurs, en un mot la vertu.

LE MARQUIS.

La vertu ! mais ſur elle il me faudra rabattre,
Et je vais dès demain en avoir comme quatre :
Vous ſçavez toutes deux qu'au gré d'un teſtateur
Vous devez prélever un tribut ſur mon cœur ;
Et que fixant l'ardeur qui poſſéde mon ame,
L'une ou l'autre aujourd'hui vous devenez ma femme.

(A Mde Dorigny.)

Madame, décidez ; car dans cet embarras
Le ſage teſtament vous a donné le pas ;
Je laiſſe entre vous deux flotter mon eſpérance,
Et j'attens mon arrêt dans un tendre ſilence.

Mde DORIGNY.

Si par ſon teſtament notre oncle a décidé
Que le droit de choiſir me dût être accordé,
Je fais paſſer ce droit à ma couſine Orphiſe :
Du legs du teſtament qu'elle ordonne à ſa guiſe ;
Maîtreſſe de mon ſort, je veux fuir tout lien,
Je ſuis veuve, ainſi libre, & je m'en trouve bien.

ORPHISE.

Veuve, tout comme vous, je n'en dis pas de même,
On peut avoir chacun ſon goût & ſon ſyſtême :
Un mari dérangé d'un autre vous fait peur,
Moi, j'en avois un bon, j'en eſpére un meilleur.

Mde DORIGNY.

Je n'ai ſur cet objet rien de plus à vous dire ;
Arrangez-vous tous deux, pour moi je me retire.

Elle ſort.

SCENE II.

ORPHISE, LE MARQUIS.

LE MARQUIS.

ELle prend bien la chose, & sans trop hésiter,
Nous pouvons à notre aise ici nous concerter :
Il ne nous reste plus que d'avoir du courage.
Comment regardez-vous le nœud du mariage ?

ORPHISE.

Comme vous, cher Marquis, sans desir & sans peur,
C'est un moyen reçu de vivre avec honneur,
Une simple habitude, un lien d'étiquette,
Et qui ne doit avoir rien qui nous inquiette.

LE MARQUIS.

Ah ! que vous entrez bien dans mon intention :
L'hymen n'est plus, je crois, qu'une honnête union,
Qui, sans gêner deux cœurs, réunit deux fortunes,
Et qui n'exige pas ces ardeurs peu communes,
Ces beaux feux que l'amour a seul droit d'attiser,
Et dont tous les époux sçavent très-mal user.

ORPHISE.

Oui, tranquillisez-vous, par ce nœud qui m'enchante,
Ma tendresse pour vous ne sera point gênante ;
Vous vivrez marié tout comme il vous plaira,
Bien entendu, mon cher, que j'aurai ce droit là
Aussi de mon côté.

LE MARQUIS.

Rien de plus à ſa place;
Sur votre liberté, loin de faire main baſſe
Par les divers plaiſirs que vous en tirerez,
Je veux être certain que vous m'eſtimerez.

ORPHISE.

Que nous ſerons heureux !

LE MARQUIS.

Je vais trouver mon pere
Pour tâcher au plutôt de terminer l'affaire :
Oronte vient, je crains de ce vieux ſermonneur
La morale peſante & la ruſtique humeur :
Eloignons-nous tous deux.

Ils ſortent.

SCENE III.

ORONTE, LE CHEVALIER.

LE CHEVALIER.

AH ! Monſieur, quel voyage !
Et pourquoi me livrer au triſte apprentiſſage
De comparer mon ſort effrayant, incertain,
Que j'ignore moi-même, avec l'heureux deſtin
De ces mortels qu'ici raſſemble la fortune,
Pour jouir en naiſſant ſous une loi commune

Des

Des différens liens qui forment les parens;
Ils sont, ou pere, ou frere, ou fils. De tous ces rangs
La nature souvent sur la même personne
Prodigue tous ces noms que la naissance donne:
Et moi, qui suis-je? Hélas! jamais des noms si doux
Ne m'ont été permis, je ne connois que vous;
Et si je vous perdois....

ORONTE.

Tu n'as plus rien à craindre
De ta naissance, ami, vas, cesse de t'en plaindre;
J'ai voulu l'embellir d'une éducation
Qui fait depuis vingt ans toute ma passion.
Pour réussir, j'ai pris la route peu commune
De te cacher ton nom, tes parens, ta fortune;
Par là je t'ai sauvé de bien plus d'un écueil;
Mais du plus dangereux de tous, c'est de l'orgueil.
Loin de ce monstre, ami, par mon heureux système
L'humanité t'a fait trouver tout dans toi-même;
Et ton ame docile aux leçons du malheur,
Ne doit qu'à la vertu sa force & sa candeur.
Apprens donc, il est temps, tout ce qui t'intéresse,
Et fais-moi recueillir les fruits de ma tendresse.

LE CHEVALIER.

Quel que soit mon destin, s'il m'éloignoit de vous,
Le Ciel m'auroit formé dans un jour de couroux:
Mais, Monsieur, je serois.... & je pourrai connoître....
Une seconde fois enfin je vais donc naître.

ORONTE.

Oui ; mais ſois-en auſſi ſatisfait que ſurpris.
Embraſſe-moi, mon cher, comme mon petit-fils :
Tu l'es, mon cher enfant ; Fontaubin eſt ton pere,
Et par cette raiſon le Marquis eſt ton frere.

LE CHEVALIER.

Oh Ciel ! ... comment, Monſieur ? ... quel bonheur ! quoi je ſuis ....
Ce que je voulois être, & je vais ... & je puis...
A peine tout mon cœur peut ſuffire à ma joie.

ORONTE.

Mais crains qu'aux yeux de tous elle ne ſe déploie
Pour couronner mon plan comme je l'ai tracé,
Il faut garder ici le nom de Dorancé :
Tu hazarderois tout, ſi par quelqu'imprudence...
Juſqu'à ce ſoir, au moins, donne-toi patience :
Ton pere contre toi plein de prévention
Blâmeroit en tout point ton éducation ;
Si du premier abord je t'avois fait connoître,
Comme un de tes amis je te fais donc paroître :
On croit que déſirant paſſer ici trois mois,
Je t'ai laiſſé deux jours, pour régler à ton choix
Ce qui peut concerner les détails de ma terre,
Aucun d'eux ne ſoupçonne ici notre myſtére :
Sous un nom inconnu tout en toi leur plaira,
Et cet heureux détour nous les ramenera.

LE CHEVALIER.

Soit ; mais ſous quelque nom qu'ici je me préſente,
Tout franc, je ne crois pas que mon mérite enchante.

Je n'ai point ce maintien agréable, assuré,
Qui pour plaire en ces lieux est le premier degré:
Je pense bonnement, la vérité m'inspire,
Et ma franchise ici ne peut que faire rire.

ORONTE.

Ainsi donc mon éleve est très-peu satisfait
Du parti que j'ai pris pour le rendre parfait?
Quoi, dès le premier pas te laisses-tu donc prendre
A ce maudit clinquant dont j'ai cru te défendre?
Trouvant des jeunes gens l'exemple dangereux,
J'ai sçu, *près de Paris*, te soustraire à leurs yeux;
J'ai craint de te montrer un seul jour à ton pere,
Un seul jour eut détruit ce que de toi j'espére:
Pour mieux t'apprécier certains talens flatteurs,
J'ai tempéré dans toi ces goûts trop enchanteurs,
Qui de nos sens émus augmentant la foiblesse,
Par la main du plaisir menent à la mollesse.
Pour t'instruire, je t'ai conduit par un chemin
Qui très-peu hérissé de Grec & de Latin,
T'apprit à bien penser, à bien voir, à bien vivre;
Et lorsque simplement tu n'as plus qu'à le suivre,
Tu trouves qu'il te manque un vernis séducteur
Qui débauche l'esprit, en corrompant le cœur.
Ah! mon fils! est-ce là l'unique récompense
Que je devois promettre à toute ma prudence?

LE CHEVALIER.

Ce reproche me fait le plus cruel chagrin:
Non, Monsieur, vous verrez que ce n'est point en vain
Que vos sages leçons ont éclairé mon ame,
L'amour de la vertu me pénétre & m'enflâme:

Mais quand on peut l'offrir ſous d'aimables dehors,
Quand on peut la monter ſur ces charmans reſ-
ſorts,
Qui dans le monde ont pris le nom de politeſſe,
Cette même vertu perſuade, intéreſſe,
Flatte l'humanité, ſupporte ſes erreurs,
Attire les eſprits, & captive les cœurs.
Mon frere a cet art-là dans un degré ſuprême,
Et moi je voudrois bien pouvoir être de même.

ORONTE.

Tu mets par cet aveu ma prévoyance à bout,
Mes leçons de morale ont donc manqué leur coup!
Ah! que la théorie eſt loin de la pratique;
Mais il eſt inutile ici que je m'explique,
Tout ce que je dirois ne te convaincroit pas;
Examines ton frere, & pour lors tu verras
Si par ſes actions il doit te faire envie,
Sur cet éxamen ſeul tu régleras ta vie;
Inconnu ſous ce nom qui te maſque aujourd'hui,
Tu ſçauras quelle eſtime on doit avoir pour lui;
Et ſi d'après cela ſon mérite t'enchante,
Tu pourras l'imiter.

LE CHEVALIER.

C'eſt ma plus douce attente,
Si je trouve un bon pere, un frere vertueux,
Mon cher maître, je ſuis au comble de mes vœux.

ORONTE.

Revenons à l'hymen dont tu ſçais la nouvelle,
Madame Dorigny m'a fait ſerment chez elle
De ſuſpendre ſon choix au moins juſqu'à ce ſoir:
Il faut te ménager le moment de la voir.

LE CHEVALIER.

Vos ſoins pour mon bonheur ont pénétré mon
ame ;
Mais lorſque je vous vois me chercher une fem-
me ; . . .
Un embarras ſoudain . . . tous mes eſprits confus .....
Je m'attriſte, & je crains que vous ne m'aimiez plus.

ORONTE.

Si je prens ce parti, c'eſt parce que je t'aime
Au delà de ce qui me contente moi-même ;
Ton éducation a fait tous mes plaiſirs,
Il ne me reſte plus qu'à combler tes deſirs,
En te faiſant goûter l'union la plus pure,
Que pour nous rendre heureux indique la nature :
Je vais de ton hymen préparer les inſtans,
Et je te nommerai quand il en ſera temps.

Il ſort.

SCENE IV.

LE CHEVALIER *ſeul.*

De mon hymen ! ô Ciel ! que n'ai-je dans ſon
ame
Dépoſé le ſecret de l'ardeur qui m'enflâme ;
Mais le pouvois-je? Non. Ces premiers mouvemens
Ont germé dans mon cœur dès mes plus tendres ans;
Je reſpirois l'amour, hélas ! ſans le connoître :
Ce penchant, malgré moi, dans mon cœur a ſçu
croître.

Oui, divine Julie, en dépit du destin,
A personne qu'à vous je n'offrirai ma main :
J'en ai fait le serment ; l'amour qui me dévore,
Quoiqu'éloigné de vous, me le prescrit encore ;
Je ne sçais dès long-temps quels lieux vous habitez,
Si je vous reverrai, mais si vous existez.
Entendez que brûlant d'une flâme éternelle,
Je conserve pour vous le cœur le plus fidéle.

SCENE V.

LE CHEVALIER, LAURETTE.

LAURETTE *à part.*

FOrt bien : voilà, je crois, l'ami de Fontaubin
Qu'ici nous attendons. Si je pouvois sous main
Déveloper au vrai ce qu'il sçait, ce qu'il pense
Du jeune homme attendu.... l'affaire est d'importance.
Approchons - nous. (*Au Chevalier.*) Peut-on sans indiscrétion
Vous demander, Monsieur, un mot d'instruction ?

LE CHEVALIER.

Volontiers, belle enfant, quoiqu'en ces lieux novice,
Parlez, tout mon sçavoir est à votre service.

LAURETTE.

Vous êtes bon ami, dit-on, du Chevalier
Qui doit venir ici : puis-je vous supplier

De vouloir bien, Monsieur, me dire sans mystére
Sa tournure d'esprit, son air, son caractére?

LE CHEVALIER.

Soit; à vous contenter vous me trouvez tout prêt:
Si vous voulez me dire aussi quel intérêt
Sur cet article-là vous rend si curieuse?

LAURETTE.

Ma maîtresse, qui craint de n'être pas heureuse
Dans l'hymen qu'on projette avec ce Chevalier,
Voudroit sçavoir à qui l'on prétend l'allier.
Comme pour cet hymen Oronte la tourmente,
Moi, je me suis chargée en fidéle suivante,
De sçavoir à l'instant sincérement de vous
Ce qu'on peut espérer de ce futur époux:
Daignez, sans trop servir l'amitié qui vous lie,
Du Chevalier en bref me faire la copie:
Enfin pour nous tirer du plus grand embarras,
Tâchez d'être sincére, & ne le flattez pas.

LE CHEVALIER.

De ma sincérité vous pouvez tout attendre:
Et pour sçavoir le vrai que vous voulez apprendre,
Vous ne pouviez pas mieux vous adresser qu'à moi;
Je connois, & je vous le dis de bonne foi,
Le jeune Chevalier aussi bien que moi-même.

LAURETTE.

Vraiment, Monsieur, tant mieux, ma joie en est extrême.

LE CHEVALIER *à part.*

Tâchons de conserver & ma main & mon cœur,
En faisant de moi-même un portrait peu flatteur.

LAURETTE.

Allons, quoi? vous rêvez pour nous tromper peut-
être?

LE CHEVALIER.

Au contraire, au portrait vous allez me connoître.
Le jeune Chevalier, quoique dans ſon printemps,
Tient à la probité des mœurs du bon vieux temps;
Il penſe avant d'agir, & ſans art, ſans fineſſe,
La ſimple vérité bonnement l'intéreſſe,
Son eſprit très-borné s'eſt fait un point d'honneur
De ne jamais briller aux dépens de ſon cœur;
Et pouſſant ce ſyſtême au delà du ſcrupule,
Il peut paroître ici du dernier ridicule.

LAURETTE.

Ce ridicule-là n'eſt pas un grand malheur,
Et près de ma maîtreſſe il peut lui faire honneur;
Car elle aime ſur-tout qu'on ſoit franc & ſincére.

LE CHEVALIER.

Je croyois que c'étoit là de quoi lui déplaire,
Et je me ſuis trompé; mais un autre défaut
Pourroit bien l'empêcher d'être ce qu'il lui faut.

LAURETTE.

Quel eſt-il?

LE CHEVALIER.

Il s'eſt fait du nœud du mariage
Le plus rare portrait, la plus étrange image....

LAURETTE.

Par exemple, tant pis, ce ridicule-là
Ma maîtreſſe jamais ne lui pardonnera.

LE

LE CHEVALIER.

Dans ſon épouſe il veut trouver toute ſa vie,
Sa maîtreſſe, ſa ſœur, ſa femme, & ſon amie ;
Et qu'elle trouve en lui, par un rapport conſtant,
Son mari, ſon ami, ſon frere & ſon amant :
Que de leurs cœurs unis la réciproque flâme
Aux yeux de l'univers ne faſſe plus qu'une ame ;
Et que cette même ame au delà du trépas,
D'une telle union goûte encore les appas.
D'après les mœurs du temps vous conviendrez, je penſe,
Qu'on ne ſçauroit plus loin pouſſer l'extravagance.

LAURETTE.

Il eſt vrai que ce goût paroît original,
Et n'eſt point du tout fait pour plaire en général ;
Mais en particulier il pourroit fort bien prendre.
Ma maîtreſſe, Monſieur, a l'ame honnête & tendre ;
Et ſi le Chevalier n'a que ce défaut-là,
Quoiqu'il ſoit des plus grands, je crois qu'il lui plaira.

LE CHEVALIER.

Votre maîtreſſe eſt donc bien extraordinaire ?

LAURETTE.

Oui, tout votre portrait eſt dans ſon caractére.

LE CHEVALIER *à part.*

Ah ! je vois bien qu'il faut riſquer un trait plus fort ;
(*Haut.*) Des torts du Chevalier ſçachez donc le grand tort ;

Mais ne publiez pas l'aveu de ma franchiſe.

LAURETTE.

Allez, ne craignez rien.

LE CHEVALIER.

Il prétend qu'à ſa guiſe
Sa femme n'ait toujours pour toute volonté,
Que ce qu'il penſera pouvoir être dicté
Par ſa raiſon, à lui.

LAURETTE.

Monſieur, je vous arrête,
Et vois bien qu'à ce trait ſa folie eſt complette :
Par ſa raiſon à lui il prétend gouverner
Tout ce qu'il lui plaira de voir & d'ordonner ?

LE CHEVALIER.

Oui, c'eſt, je vous l'avoue, un ridicule extrême ;
Mais il en eſt rempli.

LAURETTE.

Qu'il change de ſyſtême,
Ou Madame jamais ne le préférera.

LE CHEVALIER.

En êtes-vous bien ſûre ?

LAURETTE.

Elle en décidera :
Mais ſi dans ſon conſeil j'entre pour quelque choſe,
D'un ſi hardi défaut j'augmenterai la doſe ;

Nous lui démontrerons par de bonnes raiſons
Que les femmes ici ne ſont pas des oiſons ;
Et que quand il le faut, malgré notre foibleſſe,
Nous ſçavons gouverner ce qui nous intéreſſe,
Donner de bons avis, ou bien fort diſcuter
Ceux qui ne valent rien, les faire exécuter.
Enfin dites-lui bien juſqu'où va la puiſſance
D'un ſexe ſi peu fait à tant d'obéiſſance.

LE CHEVALIER *en riant.*

Vous ſaiſiſſez très-bien cet horrible défaut,
Et c'eſt argumenter ſur cela comme il faut.
C'eſt ici, je le crois, un moyen de déplaire ;
En gros je vous ai dit quel eſt ſon caractére :
Du reſte, il eſt en tout fort au deſſous du bien,
Le propos très-commun, gauche dans le maintien.

LAURETTE.

Ma foi, ſuivant ce que vous venez de m'en dire,
J'en ſuis ſûre ; & ſans trop égaier ma ſatire,
Je le trouve d'avance un franc original,
Qui dans ce pays-ci débutera fort mal.

SCENE VI.

LE CHEVALIER, LAURETTE.

FRONTIN *qui a entendu le dernier vers.*

NE l'avois-je pas dit, tu ne veux pas me croire ;
Sommes-nous maintenant certains de la victoire ?

(*Au Chevalier.*) Monſieur, pardonnez-moi, ſi j'ai tout entendu.

LE CHEVALIER.

Je n'en ſuis pas fâché, mon enfant, & j'ai dû
Dire ce que je ſçais ſans crainte & ſans myſtére,
Pour ſuivre le penchant de mon humeur ſincére :
J'ai fait comme pour moi je voudrois que l'on fît.
Au reſte, faites en tous deux votre profit,
Tout comme il vous plaira.

Il ſort.

SCENE VII.

FRONTIN, LAURETTE.

FRONTIN.

Je cours dire à mon maître
De ſon frere attendu ce que j'ai pu connoître ;
Toi prépare ta veuve à nous donner la main
Dès ce ſoir ; nous pourrions n'en plus vouloir demain ;
D'autant que nous penchons pour ſa couſine Orphiſe,
A qui de nous céder elle a fait la ſottiſe.
Vas donc lui déclarer pour la derniére fois,
Que c'eſt ſur le Marquis que doit tomber ſon choix.

LAURETTE.

Plutôt que de riſquer cette ſeconde épreuve,
Je lui conſeillerai de reſter cent ans veuve.

Fin du deuxiéme Acte.

ACTE III.

SCENE PREMIERE.

ORONTE, Mde DORIGNY.

Mde DORIGNY.

QUE voulez-vous ? Monſieur, malheureuſe une fois
De mon premier hymen j'ai trop ſenti le poids,
Pour riſquer d'un ſecond l'épreuve dangereuſe.

ORONTE.

Si je n'étois certain que vous ſerez heureuſe
Avec l'honnête époux qui va ſe préſenter,
Loin de vous engager, Madame, à l'accepter,
Je ſerois le premier, encor qu'il m'appartienne,
A détourner la main qu'il faudra que j'obtienne
Pour le plus digne objet & le plus vertueux
Que jamais l'hymen puiſſe accorder à vos vœux.
Pour vous déterminer plutôt à cette affaire,
De tous nos intérêts vous ſçavez le myſtére ;

Vous m'avez bien promis d'en garder le ſecret,
Juſqu'à ce que mon plan puiſſe avoir ſon effet :
Voyez le Chevalier avant que de l'exclure.

M^de^ DORIGNY.

Soit : je veux bien, Monſieur, en courir l'aventure,
Pour vous perſuader qu'un fol entêtement
Ne tient pas lieu chez moi d'un vrai diſcernement.
Je connois trop mon cœur, il étoit né ſenſible ;
Mais on l'a fait paſſer par une épreuve horrible :
On l'a ſacrifié ſans conſulter ſon choix,
Quand il ſçavoit déja qu'on n'aime qu'une fois.

ORONTE.

Vous avez donc aimé?.... (*à part.*) Ce diſcours m'inquiette,
Et s'accorde aſſez bien au propos de Laurette.

M^de^ DORIGNY.

Ne me rappellez point un ſouvenir flatteur
Qui gêne ma raiſon, & qui coute à mon cœur....
J'apperçois le Marquis, & je fuis ſa préſence....
Souffrez.... (*Elle ſort.*)

ORONTE *la ſuit.*

Ah! trouvez bon dans cette circonſtance....

SCENE II.

LE MARQUIS, FRONTIN.

FRONTIN.

OUi, Monſieur, je vous rends le portrait mot pour mot
Qu'en a fait Dorancé : votre frere eſt un ſot,
Un nigaud, qui ne peut ici vous faire ombrage,
Ni troubler les projets de votre mariage ;
Ainſi ſoyez tranquille.

LE MARQUIS.

Ah ! mon pauvre Frontin,
Que j'aurai de plaiſir à changer mon deſtin,
A mener une vie agréable & paiſible,
A ſortir à la fin de ce dédale horrible,
Où le torrent du monde a plongé mes beaux jours !

FRONTIN.

C'eſt fort bien dit, au gré de vos chaſtes amours,
Vous allez dans les nœuds de l'hymen qui vous lie,
Contre de la raiſon troquer votre folie ;
Et d'un honnête époux rempliſſant le devoir,
Sentir de la vertu le ſolide pouvoir ;
J'en ſuis ravi pour vous.

LE MARQUIS.

Mais quel fade étalage
Viens-tu me faire ici ſous ce beau verbiage ?

Qui te parle, dis-moi, de devoir, de raiſon,
De vertu?

FRONTIN.

Ces mots-là ſont, je crois, de ſaiſon,
Quand l'hymen doit unir....

LE MARQUIS.

Laiſſe-là tes ſornettes:
Il ne s'agit, au vrai, que de payer mes dettes;
Les fonds, comme tu ſçais, ſeront donnés comptans,
C'eſt pour me liquider qu'ici je les attens.
Voilà ce qui me fait unir avec Orphiſe;
Sans cela....

FRONTIN.

C'eſt parler, Monſieur, avec franchiſe,
Vous épouſez la dot, j'entens; mais ſi l'amour
De votre hymen n'éclaire au moins le premier jour,
Dès ce jour vous n'aurez que la femme de reſte;
Car vous devez la dot.

LE MARQUIS.

Et qui te le conteſte?
Mais dès qu'elle aura pu ſuffire à tout payer,
Je ne devrai plus rien: alors ſans enrayer,
Par de nouveaux emprunts ſoutenant ma dépenſe,
Je ſuivrai le torrent de cette heureuſe aiſance,
Qui juſqu'ici, mon cher, m'offre tous les plaiſirs,
Et ſçait me faire vivre au gré de mes deſirs.

FRONTIN.

FRONTIN.

C'eſt fort bien raiſonné : oui, ſans autre myſtére,
L'hymen ſera pour vous une très-bonne terre,
S'il veut bien vous produire à peu-près tous les ans
Femme apportant en dot quatre cent mille francs.
Mais penſez-vous, Monſieur, pour peu qu'on ſe marie,
Qu'en dot, ainſi qu'en femme, on en a pour la vie?

LE MARQUIS.

Je le ſçais; mais auſſi chaque choſe à ſon tour,
Aujourd'hui c'eſt l'hymen, une autre fois l'amour.
On avance ſouvent ſans beaucoup de mérite,
Le jeu produit; que ſçais-je? On vieillit, on hérite:
J'ai de riches parens, dont les ſucceſſions
Répondront quelques jours à mes intentions.
La Providence eſt grande, & ſa bonté ſuprême
Me fait compter ſur elle autant que ſur moi-même.

FRONTIN.

N'y comptez donc pas trop, d'autant que ce calcul
Pourroit bien de long-temps n'être pour vous que nul:
Les femmes en amour ne ſont plus généreuſes,
Le jeu fait eſſuyer des bouraſques fâcheuſes,
Les emplois ſont donnés aux plus accrédités,
De vivre les parens ſont par fois entêtés;
Si bien qu'avec l'eſpoir de l'art, de la nature,
On a le temps de faire une ſotte figure,
Si la conduite un jour....

LE MARQUIS.

Ah ! tu vas ſermonner :
Il s'agit de jouir, & non de raiſonner ;
Laiſſe cette beſogne à mon triſte grand-pere :
J'en ſçais plus que vous deux ſur ce que je dois faire.

FRONTIN.

Je le crois ; mais....

LE MARQUIS.

Tais-toi, j'apperçois Dorancé.

FRONTIN.

Il a l'œil inquiet, & l'air embarraſſé.

SCENE III.

LE MARQUIS, LE CHEVALIER, FRONTIN.

LE CHEVALIER.

AH ! Monſieur, quel bonheur ! je vous cherche, & vous trouve....
Daignez avoir pitié du chagrin que j'éprouve...
Pour un ami ... ſon ſort doit vous intéreſſer ;
Puiſqu'il eſt votre frere : & j'ai lieu de penſer
Que par cet intérêt, uni d'ailleurs au vôtre,
Vous ferez plus pour lui que ne peut faire un autre.

LE MARQUIS.

De quoi s'agit-il donc? Parlez sincérement,
Et comptez sur mes soins.

LE CHEVALIER.

De ce même moment
On détruit votre hymen avec l'aimable Orphise,
Si vous ne nous tirez de la plus forte crise.

LE MARQUIS.

Comment?

LE CHEVALIER.

Oronte a tant pressé, sollicité
Madame Dorigny sur l'hymen projetté
Jusqu'ici sans succès entre elle & votre frere,
Qu'il vient presqu'à l'instant de terminer l'affaire:
Cette veuve consent, non sans beaucoup d'effort,
A s'unir avec lui.

LE MARQUIS.

Vous me surprenez fort;
Comment? sans le connoître, & malgré sa parole,
Elle-même rendroit sa promesse frivole?

FRONTIN.

Elle s'approprieroit le legs du testament,
Dont nous avons déja disposé largement?

LE CHEVALIER.

Oui, dans l'engagement qu'Oronte lui propose,
Il entend bien qu'elle ait tous ses droits sur la chose;

Orphiſe pour ſa dot aura cela de moins :
Monſieur, ſi vous l'aimez, employez tous vos ſoins
Pour lui ſauver un bien qu'elle a droit de défendre,
Puiſqu'il lui fut promis ; c'eſt le ſoin d'un cœur tendre.

FRONTIN *au Marquis.*

Ma foi, Monſieur, voilà vos créanciers payés :
Il vous reſte un parti.

LE MARQUIS *à Frontin.*

Quel eſt-il ?

FRONTIN.

Enrayez.

LE MARQUIS *à Frontin.*

Vas-t-en dans l'anti-chambre, empêche que perſonne
Ne vienne nous troubler.

FRONTIN.

La prévoyance eſt bonne.

Il ſort.

SCENE IV.

LE MARQUIS, LE CHEVALIER.

LE MARQUIS.

SUr ces affaires-ci, Dorancé, j'ai besoin
De vous entretenir sans crainte & sans témoin.
Ils s'asseyent.
Votre air de bonne foi, de douceur & d'aisance,
Tout vous a mérité toute ma confiance :
Aussi pour vous prouver jusqu'où va ma candeur,
Je vais vous dévoiler tout le fond de mon cœur.

LE CHEVALIER.

Dès le premier moment, sans pouvoir m'en défendre,
Le mien vous a voué l'amitié la plus tendre :
Si d'un frere inconnu j'ai dévancé les pas,
J'occupe ici sa place, & ne le démens pas.

LE MARQUIS.

Vous étiez son voisin, & par le voisinage
De vous connoître il a mérité l'avantage ;
Car pour ses qualités, je présume, ma foi,
Entre nous, qu'elles sont d'un assez mince aloi ;
Vous en parlez ainsi, dit-on, avec franchise.

LE CHEVALIER.

Je ne le vante point, l'équité m'autorise

A faire de mon mieux son fidéle portrait,
Comme je me peindrois moi-même trait pour trait.

LE MARQUIS.

Si vous le connoissez si bien, là sans mystére
Avouez-moi que c'est un très-maussade frere:
Elevé par Oronte en noble paysan,
Son début dans ces lieux nous paroîtra plaisant.

LE CHEVALIER.

Plaisant? Oui, je le crains; certaine prud'homie
Mettra dans un faux jour toute sa bon'homie;
Et quoiqu'au fond il ait un très-bon naturel,
On pourra bien ici ne pas le juger tel;
Ce qui fait qu'en secret il tremble d'y paroître.

LE MARQUIS.

Et certe il a raison; mais faites-moi connoître,
Malgré tous ses défauts, s'il a quelque côté
Qui me console un peu de la fraternité.

LE CHEVALIER.

Avant que de les voir, il connoît bien les hommes,
Il sçait apprécier au vrai ce que nous sommes;
Et par les fruits cachés de son instruction,
On l'a mis à l'abri de la corruption:
Il cherche la vertu, la chérit, la caresse,
Et la voit du même œil dont on voit sa maîtresse.
Que le Ciel lui réserve ou disgrace, ou faveur,
L'honnêteté sera la régle de son cœur.
Voilà ce qu'il a pris des préceptes d'Oronte,
Je le retins de même, & j'y trouve mon compte.

LE MARQUIS.

L'honnêteté! mon cher, quel ton ſententieux!
Oronte, je le vois, vous a gâtés tous deux.
Quoi! vous donnez auſſi dans la triſte chimére
D'un vieillard qui n'a rien pour aimer ni pour plaire;
Et qui, pour partager encor quelques regards,
Veut que les jeunes gens prennent l'air de vieillards?
Ce que ces vieux Catons nomment libertinage,
N'étoit qu'amuſement pour eux dans leur jeune âge;
Et leur morale a beau faire tant de fracas,
Dans le bien & le mal nous marchons ſur leurs pas.
En plaiſirs nous trouvons la machine montée,
Et ce ſont eux ainſi qui nous l'ont apprêtée;
Entretenons-la : mais ſans en être jaloux,
Nous devons la paſſer à qui vient après nous.

LE CHEVALIER.

Votre frere n'a point toute cette ſcience,
Et n'emploira jamais l'adroite intelligence
Qu'il faut pour l'acquérir : ami des bonnes gens,
Il jouira près d'eux de plaiſirs plus touchans.

LE MARQUIS.

Mon frere, je le vois, eſt un bon perſonnage,
Qui, s'il vouloit ſans bruit reſter dans ſon village,
Nous feroit grand plaiſir.

LE CHEVALIER.

Vous trompez ſon eſpoir;
Car je ſçais qu'il ſe fait grand plaiſir de vous voir.

LE MARQUIS.

Oui, mais pour m'enlever une femme charmante,
Dont l'hymen avoit droit de flatter mon attente.

LE CHEVALIER.

Rendez plus de justice à son intention,
Il est bien éloigné de cette ambition.

LE MARQUIS.

Vous voyez cependant qu'ici, s'il se marie,
Il me jouera ce tour.

LE CHEVALIER.

Ce n'est point son envie.
Sur ce projet d'hymen il sçaura s'expliquer;
Je sçais pourtant qu'il craint de trop se démasquer,
Il voudroit ménager le respectable Oronte
Qui lui tint lieu de pere; & ce n'est pas sans honte
Qu'aspirant à tout faire au gré de son desir,
Ce fils du premier pas va lui désobéir.

LE MARQUIS.

Comment? achevez donc.

LE CHEVALIER.

En sortant de l'enfance
Votre frere a senti la plus vive puissance,
Que l'amour ait jamais exercé sur un cœur:
Une jeune beauté sensible à son ardeur
A fixé les premiers mouvemens de son ame,
En la faisant brûler d'une constante flâme:
Cet amour le plus pur qu'on ait jamais senti,
Par un autre jamais ne sera démenti.

De

De l'hymen projetté vous n'avez rien à craindre ;
Votre frere, Monſieur, ſera le ſeul à plaindre.

LE MARQUIS.

Bon ! je ſuis enchanté d'apprendre tout cela,
De ſes ſoins voilà donc tout ce qu'Oronte aura ;
Un petit étourdi donnant dans la Bergére
Va déſoler d'un coup ſon grand-pere & ſon pere :
Les voilà bien payés d'une éducation
Faite avec tant de ſoins & de précaution.
Dites-moi ? la petite eſt ſans doute jolie ?
Mon frere n'auroit-il pas fait quelque folie
Pour cette belle enfant ?

LE CHEVALIER.

Non, on ne le dit pas.

LE MARQUIS.

Mais cependant la choſe arrive en pareil cas,
Et feroit pour le coup le meilleur de l'hiſtoire :
On ne le dis pas ; mais on pourra bien le croire,
En préſentant le fait par un certain côté,
La vraiſemblance ici vaudra la vérité.
Votre nouvelle eſt bonne, & j'aurai l'avantage
De prôner comme il faut ce gentil perſonnage ;
Mais j'oublie un peu trop qu'il eſt de vos amis,
Ne vous en fâchez pas.

LE CHEVALIER.

Cela vous eſt permis,
Dès que vous oubliez, vous, qu'il eſt votre frere.

LE MARQUIS.

Un frere comme lui ne m'intéreſſe guére ;

Je ne l'ai jamais vu : pour le cas que j'en fais ;
Je consentirois presque à ne le voir jamais :
Vous en feriez, mon cher, tout autant à ma place.

LE CHEVALIER.

La jeunesse à mes yeux mériteroit sa grace,
C'est un premier amour qu'on a peine à dompter.

LE MARQUIS *se leve.*

Allons, pour le servir, je vais donc tout tenter :
Dans mon humeur légére, & tant soit peu volage,
Je n'ai point clairement présenté mon hommage
A cette veuve altiére : il faut la subjuguer ;
De toute sa vertu dût-elle se targuer,
Sçachez en peu de temps que j'en aurai bon compte ;
J'attaque rarement ; mais ma victoire est prompte :
Et puisque je me prête à vouloir l'épouser,
Le cœur de votre ami doit se tranquilliser.

LE CHEVALIER.

Y pensez-vous, Monsieur, votre amour pour Orphise ?

LE MARQUIS.

Qui ? moi, je donnerois dans pareille sottise ?
Moi, de l'amour ? Fi donc, vous me connoissez mal,
Et me prenez aussi pour un Provincial:
Un peu d'ambition, un dehors de prudence,
Le besoin d'acquérir certaine consistence,
Que l'état de garçon ne peut jamais donner ;
Voilà jusqu'à l'hymen ce qui peut nous mener.

Et toutes ces raiſons parlant pour ces deux veuves
Avec égalité, vous ſont autant de preuves
Qu'amant pour le plaiſir, pour l'intérêt époux,
Voilà dans ce pays comme nous aimons tous.

LE CHEVALIER.

S'il eſt ainſi, Monſieur, je n'ai plus rien à dire:
Et dans la liberté du cœur qui vous inſpire,
Votre frere vous a grande obligation
De vouloir bien répondre à ſon intention.

LE MARQUIS.

J'entens quelqu'un; fort bien, l'occaſion eſt belle,
Madame Dorigny.

LE CHEVALIER.

Mais Orphiſe avec elle
Va vous gêner, craignez....

LE MARQUIS.

Oh! que vous êtes bon!
Que ma conduite ici vous ſerve de leçon.

SCENE V.

LE MARQUIS, LE CHEVALIER, Mde DORIGNY, ORPHISE.

ORPHISE *à Madame Dorigny en entrant.*

Quoi! cette incertitude entre-t-elle en votre ame,
Après nous avoir dit....

Mde. DORIGNY.

Que voulez-vous, Madame?
Le jeune Chevalier est un être parfait,
Un sujet merveilleux, s'il est tel en effet
Que l'annonce tout haut Oronte son grand-pere;
Et j'ai promis qu'avant de refuser l'affaire,
Au moins je le verrois.

LE CHEVALIER *à part.*

Oh Ciel! quel son de voix!

LE MARQUIS *à Mde Dorigny.*

C'est inutilement suspendre votre choix,
Madame; & son ami qu'ici je vous présente,
A de votre refus une raison constante;

Il ſçait depuis long-temps que mon frere aime ailleurs,
Et qu'il n'eſt plus ainſi digne de vos faveurs.

Mde DORIGNY *fixant le Chevalier pendant la Scène.*

Quoi, Monſieur, eſt-il vrai ? . . .

LE CHEVALIER *d'un air interdit.*

Dès ſa plus tendre enfance
Son cœur a reſſenti l'amour & l'eſpérance
D'être aimé d'un objet qu'un fidel ſouvenir
Lui rend toujours plus cher.

LE MARQUIS.

J'en ai bien du plaiſir :
Ce frere merveilleux me céde la partie ;
Vous en voilà, je crois, amplement avertie.

Mde DORIGNY.

Moi ? non, je ne le ſuis tout au plus qu'à demi.
(*Au Chevalier.*) Et dites-moi, Monſieur, il eſt donc votre ami,
Ce jeune Chevalier ?

LE CHEVALIER.

Oui, Madame, & j'eſtime
Qu'on ne peut être uni d'un lien plus intime ;
Je connois dès long-temps tout le fond de ſon cœur.

LE MARQUIS.

Auſſi nous l'a-t-il peint ſans art & ſans fadeur,

Comme un original d'un caractére unique ;
Vrai Caton à vingt ans, diſcoureur flegmatique,
Et qui pour tout eſprit ne prêche, en ſes propos,
Que vertu, que bon ſens, montés ſur de grands mots :
Voilà le beau galant, Madame, qu'on vous vante.

ORPHISE.

Je n'imagine pas que ce portrait vous tente.

Mde DORIGNY.

Vous le chargez, je crois, des plus fauſſes couleurs
Oui, de ſes qualités vous faites des erreurs ;
Et ſans l'attachement dont ſon ame eſt remplie,
Je pourrois....

LE CHEVALIER.

Vous pourriez.... (*à part.*) Qu'ai-je fait ? c'eſt Julie.

Mde DORIGNY *troublée.*

Je pourrois écouter.... avec le Chevalier....
Les offres d'un hymen.... qu'il me faut oublier.

LE CHEVALIER *vivement.*

Quoi ? ſi vous lui trouviez un cœur libre & ſincére,
Ou plutôt, ſi brûlant du deſir de vous plaire,
Il ſe fût conſervé toujours digne de vous,
Vous lui reſerveriez le deſtin le plus doux ?
Ah ! Madame, à ce prix, je répons de ſon ame.

LE MARQUIS *au Chevalier.*

Et mais y penſez-vous ? quel tranſport vous enflâme ?
Vous allez tout gâter.

LE CHEVALIER *au Marquis.*

Je sçais ce que je fais,
Lorsque de mon ami je prens les intérêts :
Il pourroit me taxer de quelque perfidie,
Si je ne travaillois au bonheur de sa vie.

LE MARQUIS.

Mais vous le desservez, puisqu'un autre lien....

LE CHEVALIER.

Il me pardonnera.

ORPHISE.

Je n'y conçois plus rien.

Mde DORYGNY *à part.*

Il m'a gardé son cœur, je n'en fais aucun doute.

LE MARQUIS *au Chevalier.*

Mon cher, l'amitié met votre esprit en déroute.
(*A Mde Dorigny.*) Si votre époux doit être un fils de Fontaubin,
Je suis, Madame, à temps de vous offrir ma main.
Oui, chacune d'attraits également pourvuë
Par son mérite frape également ma vuë ;
Et s'il ne s'agissoit d'un nœud si sérieux,
Je me déclarerois l'amant de toutes deux :
Ainsi vous conservez dans mon humeur sincére
Ce que toutes les deux vous perdez dans mon frere.

ORPHISE.

C'est plaider l'inconstance assez adroitement :
Qu'en pensez-vous, cousine ?

Mde DORIGNY.

Orphise, en ce moment
Ma réponse ne peut être précise & prompte;
Avant de m'expliquer, je veux revoir Oronte.

LE MARQUIS.

C'eſt fort bien dit, allons.

ORPHISE.

Tout ſe décidera,
Et nous ſçaurons enfin qui des deux vous aura.

LE MARQUIS *au Chevalier.*

Monſieur, pour votre ami point tant d'inquiétude.

Ils ſortent tous.

SCENE VI.

LE CHEVALIER *ſeul.*

ME voilà livré ſeul à mon incertitude ;
Julie ! ah ! c'eſt vous-même, & mes yeux & mon cœur
Après dix ans enfin retrouvent leur bonheur.
Quel caprice du ſort, ou par quelle imprudence
Je fuyois ma Julie offerte à ma conſtance ?
La façon dont on veut me faire ſoupçonner
D'un amour ridicule, a lieu de m'étonner :
Mon frere eſt prévenu que j'aime une Bergere :
Je n'oſe découvrir ... & je crains que mon pere ...
Ne perdons point de temps ; allons, ſuivons leurs pas,
Et ſauvons mon amour de ce triſte embarras.

Fin du troiſiéme Acte.

ACTE

ACTE IV.

SCENE PREMIERE.

LAURETTE, FRONTIN.

LAURETTE.

OUI, ton maître n'a qu'à retourner vers Orphiſe ;
Selon le vent qu'il fait, ou quittée, ou repriſe ;
Elle s'en divertit.

FRONTIN.

Et lui régle ſes pas
Selon ſes intérêts, & ne ſe gêne pas.

LAURETTE.

J'enrage, quand je vois dans le ſiécle où nous ſommes,
Le peu de vérité qu'on trouve dans les hommes.

FRONTIN.

Que veux-tu, mon enfant, tout eſt d'opinion,
L'amour n'eſt plus traité comme une paſſion ;

C'eſt une douce intrigue : on vit avec les femmes,
Sans grand beſoin d'eſtime on fait la cour aux dames,
Qui ſur le même ton paroiſſant nous aimer,
S'attachent à leur tour ſans trop nous eſtimer.
Mais avant que quelqu'un vienne ici nous ſurprendre,
Laurette, je t'en prie, acheve de m'apprendre
Le ſecret important que tu m'as commencé :
Tu dis donc que ta veuve en tient pour Dorancé,
Et que par le hazard d'une heureuſe entrevuë....

LAURETTE.

Oh ! je ne dis plus rien.

FRONTIN.

Ta reſerve me tue;
Encore un mot ou deux.

LAURETTE.

Tu me pouſſes à bout :
Je m'en vais.

FRONTIN.

Oh bien moi, je te ſuivrai par-tout.
Quelqu'un vient ; c'eſt Oronte.

Il ſort précipitamment.

SCENE II.

ORONTE, FONTAUBIN, ORPHISE, LE MARQUIS.

ORONTE *d'un air pensif.*

IL aime une Bergere?

LE MARQUIS.

Dorancé me l'a dit ; confident de mon frere,
De tous ses sentimens il sçait les plus secrets,
Et pour vous en instruire, il me l'a dit exprès ;
A tout autre penchant son cœur inaccessible,
Avec tout autre objet le rend incompatible.

FONTAUBIN.

Eh bien, mon pere, eh bien, êtes-vous satisfait?
Vos bons soins ont produit un fort joli sujet ;
Et ce noble penchant pour une paysanne
Va rendre votre éleve un héros de cabane.

ORONTE.

(*Il sort de sa rêverie.*)

Si l'amour dans son cœur a déja pénétré,
C'est par la vertu seule enfin qu'il est entré:
Tous les autres chemins inconnus à son ame
N'ont pu lui présenter une honteuse flâme ;
Son choix est estimable, & je n'ai qu'un regret,
C'est que son amitié m'en ait fait un secret

FONTAUBIN.

Quoi ! d'un pareil amour vous voulez qu'on le loue?
C'est être bien aveugle, il faut que je l'avoue :
L'honneur d'une famille en ses mains prodigué . . .

ORONTE.

L'honneur en deux façons doit être distingué ;
L'un est d'opinion, & n'est qu'une chimére,
L'autre est tel qu'à soi-même on a droit de se plaire ;
Plus content du bonheur que de la vanité,
En amour il ne veut que de l'honnêteté.
Lorsque jusqu'à l'hymen cet amour-là nous presse,
La vertu doit avoir le pas sur la noblesse ;
Et si cette vertu mérite notre choix,
Les filles de village ont encore leurs droits,
Plus conformes aux mœurs, aux loix de la nature,
Que ceux de ces objets, dont l'adroite imposture
Ne sçait en mariage apporter pour tout bien
Que les restes d'un cœur qui n'a douté de rien.
S'il aime une Bergere, elle est donc vertueuse ;
Pour être heureux, sans doute il veut la rendre heureuse ;
Mais tremblant d'offenser un certain préjugé,
Il cachoit son amour pour l'avoir mal jugé ;
Voilà tout mon chagrin.

FONTAUBIN.

Il se rendoit justice.

ORPHISE.

Quant à moi, je l'excuse, il est encore novice ;

De la ſimple nature il a ſuivi les loix,
Il n'eſt pas ſurprenant qu'il aime en villageois ;
Mais s'il vient à Paris, aiſément j'imagine
Qu'une dot aſſez forte, une belle couſine,
Pourront faire envoler ce petit amour-là,
Et votre frere alors vous le diſputera.
Pour parer cet obſtacle....

LE MARQUIS.

Eh bien?

ORPHISE.

Il faut écrire
Au tendre Chevalier, que ſans le contredire
Dans le noble penchant qui l'inſpire aujourd'hui,
Ici nous n'avons pas un grand beſoin de lui ;
Qu'il peut tranquillement, ſans que rien l'inquiette,
Couronner les beaux feux d'une ardeur ſi parfaite.

LE MARQUIS.

Fort bien, par ce moyen nous concilierons tout.

FONTAUBIN.

Mon pere, ce parti ſera de votre goût,
Puiſque vous approuvez ſa ridicule flâme.

ORONTE.

Oui ; mais je ſuis honteux de voir que dans votre
ame
Les chemins ſoient fermés à l'amour paternel :
Pour aimer votre fils, eſt-il ſi criminel,
Que vous vous refuſiez, & ſans vouloir l'entendre,
Au plaiſir de le voir ?

LE MARQUIS.

Monſieur, daignez comprendre

Que sa présence ici ne peut servir à rien ;
Que tout ce qu'on fera, ce n'est que pour son bien:
Et que du reste on a....

ORONTE.

Pour vous, Monsieur, son frere,
Vous dévriez bien mettre un peu plus de mystére
Dans l'animosité qui vous domine ici,
Ou rougir en secret de prendre un tel parti:
Vous condamnez un frere, estimable peut-être,
Et pouvez le haïr avant de le connoître,
Sur un simple rapport qui pourroit être faux,
A ce frere inconnu vous donnez des défauts.
Avide de plaisirs, sans goût & sans tendresse,
Ici l'appas du bien est le seul qui vous presse;
Vous volez à l'hymen, ce nouvel aliment,
Pour nourrir un peu mieux votre déréglement ;
Et de ce nœud sacré qui n'a pas votre estime,
Une femme bientôt deviendra la victime.
Le vice à chaque pas vient seul vous animer;
Voilà, voilà le cœur qu'on a sçu vous former.
Eh bien, conduisez-vous chacun à votre guise,
Dans tout ce que je vois ici, tout m'autorise
A ne plus me flatter d'inspirer à vos cœurs
Cette tendre union, dont les douces ardeurs
Conservent la même ame à toute une famille.
D'erreurs, de faussetés ce pays-ci fourmille;
Et comme à ces abus je ne peux me plier,
Je vais m'en éloigner avec le Chevalier;
Vous ne le verrez point. Sensible à ma tendresse,
J'espére qu'il sera l'appui de ma vieillesse:
Et je projette enfin dans mon juste courroux,
De le tenir toujours fort éloigné de vous.

Si sa conduite peut tromper mon espérance,
Au moins j'en souffrirai loin de vous en silence;
Et je ne verrai pas, pour comble de chagrin,
Son frere prendre encore un plus mauvais chemin:
Adieu.

FONTAUBIN *veut le retenir.*

Soyez certain que pour vous ma tendresse....

ORONTE.

Voudroit me voir bien loin.

FONTAUBIN.

J'aurois cette bassesse?

ORONTE.

Contre ce que j'ai vu, je suis trop courroucé,
Je vais de mon départ avertir Dorancé.

SCENE III.

ORONTE, FONTAUBIN, LE MARQUIS, ORPHISE, FRONTIN.

FRONTIN *a entendu le dernier vers.*

(*A Oronte*) FOrt inutilement, Monsieur, je vous annonce
Qu'à partir avec vous à l'instant il renonce.

ORONTE.

Pourquoi ?

FRONTIN.

Je viens d'apprendre, ah ! le plus plaisant tour,
Que jamais le hazard, d'accord avec l'amour,
Ait pu jouer ſous main à deux amans fidéles.

FONTAUBIN.

De quoi s'agit-il donc ?

ORONTE.

Bon, pures bagatelles.

FRONTIN.

Bagatelles, Monſieur, qui vont faire fracas,
Et produire un effet que vous n'attendez pas.

LE MARQUIS.

Voyons, explique-toi.

FRONTIN *au Marquis.*

D'abord, Madame Orphiſe
Va vous appartenir avec la dot promiſe.
(*A Oronte.*) Monſieur va partir ſeul, avec ſon noir chagrin,
Et par raiſon, plutôt aujourd'hui que demain.
Le Chevalier, s'il veut agir en garçon ſage,
Suivra dans ſon château le digne apprentiſſage
Qui doit faire admirer ſon éducation,
Et remplir pleinement la haute intention
De Monſieur ſon grand-pere.

ORONTE.

ORONTE *le menace de sa canne.*

Ah ! le maraut plaisante.

FONTAUBIN *l'arrête.*

Mon pere, doucement.

ORONTE *à Frontin.*

J'ai l'ame patiente,
Sans cela tu verrois que mon bras sur ton dos
Sçauroit te corriger de tes mauvais propos.

FRONTIN.

Sans doute, vous joindrez l'effet à la menace,
Si j'ose en ce moment vous annoncer en face
Que la discréte veuve en tient pour Dorancé.

ORONTE.

Dorancé ? que dis-tu ?

FRONTIN.

Je dis ce que j'en sçais :
L'un & l'autre, Monsieur, dès l'âge le plus tendre,
Par l'amour le plus vif s'étoient laissé surprendre ;
Et malgré le pouvoir de l'absence & du temps,
Leurs cœurs toujours épris se retrouvent constans.

ORONTE *d'un air très-content.*

Madame Dorigny !

ORPHISE.

Seroit-il bien possible ?

FRONTIN.

Elle-même, Monsieur, l'aventure est risible.

ORONTE.

Oui, plus que tu ne crois, & j'en ſuis enchanté.

FRONTIN.

Comment donc ? votre cœur n'en eſt pas révolté ?

ORONTE.

Non, non, ſi tu dis vrai, Frontin, je te pardonne.

FRONTIN.

Mais pouvez-vous trouver cette nouvelle bonne ?
L'ami du Chevalier, en trompant votre eſpoir,
Le ſupplante, Monſieur, par le tour le plus noir.

ORONTE.

Il ne peut pas me rendre un plus charmant ſervice.
(*à part.*) Voilà donc la Bergére ; ils uſoient d'artifice.

FONTAUBIN.

Nous ſommes tous contens de cet événement,
Qui va nous procurer un heureux dénouement.

ORONTE.

Vous l'avez dit, mon fils ; oui, très-heureux ſans doute ;
Et pour mieux m'y prêter, je vais changer de route,
Je ne partirai point.

SCENE IV.

LES ACTEURS PRÉCÉDENS, LE CHEVALIER.

ORONTE.

AH! mon cher Dorancé,
Tôt ou tard le mérite est bien récompensé;
Frontin nous a tout dit, viens ça que je t'embrasse.

LE CHEVALIER.

De votre petit-fils, l'amour m'offre la place;
J'espére qu'en secret vous me le pardonnez.

FONTAUBIN.

Est-ce à ce pardon seul que vos vœux sont bornés?
Vous avez sur nos cœurs d'autres droits à prétendre,
Et de mon amitié vous pouvez tout attendre.

LE MARQUIS.

Vous nous jettiez tantôt dans un grand embarras,
En prenant un parti que je n'entendois pas;
Mais vous réparez tout, & je ne puis vous taire
Que vous allez, Monsieur, me tenir lieu de frere.

LE CHEVALIER.

Ah! c'est tout mon desir.

LE MARQUIS *à Orphise.*

Madame, en cet instant
Je ressens tout le prix du bonheur qui m'attend.

ORPHISE *au Chevalier.*

J'approuve en vous le choix de ma chere cousine.

LE CHEVALIER.

Vous me flattez beaucoup ; mais plus je m'examine,
Et plus je me parois privé des qualités,
Sur lesquelles ici vous fondez vos bontés :
Quand vous me connoîtrez, vous en pourrez rabattre,
Peut-être aurai-je alors votre haine à combattre.

ORONTE *bas au Chevalier.*

Ne te démasque pas, il n'est pas encor temps,
(*Haut.*) De la haine? pourquoi? ce sont de bonnes gens:
Dès qu'on les débarrasse & d'un fils & d'un frere,
Bien loin d'être haï, l'on a droit de leur plaire ;
La nature chez eux marche après l'intérêt.
(*A part au Chevalier.*) Apprens donc en passant comme ce monde est fait.
(*Haut.*) Je vois qu'il faut céder au train que prend la chose ;
Et loin qu'à ton hymen, Dorancé, je m'oppose,
Madame Dorigny va tout concilier
En te donnant la main : (*à Fontaubin.*) il vaut le Chevalier.

FRONTIN.

Vous voilà tous contens, l'aventure est heureuse.

ORONTE.

Pour que ma volonté ne semble plus douteuse,

Vous pouvez, sans beaucoup vous gêner sur cela,
Ecrire au Chevalier tout ce qu'il vous plaira.

FONTAUBIN.

Quoi? Monsieur, à la fin vous voulez bien permettre...

ORONTE.

Sans doute, amusez-vous. (*Au Chevalier.*) Charge-toi de la lettre,
Tu me la remettras. (*Haut.*) Je m'en vais consoler
Madame Dorigny qui cherche à me parler,
Et la déterminer de n'être point chagrine
De céder tous ses droits à sa chere cousine.

Il sort.

SCENE V.

LE MARQUIS, ORPHISE, FONTAUBIN, LE CHEVALIER, FRONTIN.

ORPHISE.

La belle occasion, Messieurs, de me venger!
Il me vient à l'esprit, pour vous faire enrager,
Mon volage Marquis, d'épouser votre frere.
L'éloge peu flatteur qu'Oronte en son courroux,
Avec son gros bon sens, vient de faire de vous,

Seroit une raiſon aſſez déterminante
De ne point accepter cette main inconſtante
Que vous m'offrez ici.

LE CHEVALIER.

Mais, Madame, penſez
Que ce frere par moi s'eſt fait entendre aſſez,
Qu'enfin il aime ailleurs, & que malgré vos charmes,
Il n'eſt plus maître ici de vous rendre les armes :
Soyez plus généreuſe, & d'un cœur plus épris,
Madame, croyez-moi, pardonnez au Marquis.

LE MARQUIS.

Quand vous traitiez l'amour d'une façon légère,
C'étoit ne pas vouloir ſortir de votre ſphère,
Que d'empêcher qu'il eût trop de droits ſur mon cœur.

FRONTIN.

Oui, la fortune vint lui tenir lieu d'ardeur ;
Car encor faut-il bien tenir à quelque choſe.

LE MARQUIS.

De ma légereté qu'ici je vous expoſe,
Vous m'avez fait vous-même une immuable loi.

ORPHISE.

Et par légereté vous revenez à moi,
Je devrois m'en fâcher ; mais mon cœur ſans colére
Vous pardonne en faveur de votre aveu ſincére.

FONTAUBIN.

C'eſt très-bien s'en tirer ; par cet arrangement
Vous acquérez d'ailleurs le legs du teſtament.

FRONTIN.

Quatre cent mille francs valent, ma foi, la peine
Qu'on ne mette pas tant ſon eſprit à la gêne
Sur le plus ou le moins d'amour qu'on peut avoir.

LE CHEVALIER *à part.*

Comment les détromper de leur frivole eſpoir,
Et m'offrir à mon pere ?

FONTAUBIN.

Au gré de mon envie,
Pour que rien ne dérange ici notre partie,
Il ne nous reſte plus que d'écrire à l'inſtant
A notre Villageois, qu'il peut tranquillement
Filer ſa tendre églogue auprès de ſa Bergére,
Et qu'ici ſa préſence eſt très-peu néceſſaire:
A ſon éloignement le plus intéreſſé,
C'eſt bien, ſans contredit, notre ami Dorancé:
Auſſi c'eſt avec lui que je veux que ma lettre
Soit concertée, afin de ne rien compromettre.
Laiſſez-nous ſeuls enſemble.

LE MARQUIS *à Orphiſe.*

Allons, Madame, allons,
Tout concourt au ſuccès de vos prétentions:
Soit.

ORPHISE.

En dépit de vous, j'aurai donc l'avantage
De triompher enfin de votre humeur volage.

Le Marquis donne la main à Orphiſe, & ils ſortent.

SCENE VI.

FONTAUBIN, LE CHEVALIER.

LE CHEVALIER *à part.*

QUel nouvel embarras vais-je encore éprouver ?

FONTAUBIN.

Nous voilà ſeuls. D'abord je ne puis qu'approuver
Tout ce dont le Marquis ne m'a point fait myſtére :
Les naïves couleurs dont vous peignez ſon frere,
Pour cet original, malgré votre amitié,
N'ont produit dans mon cœur qu'une froide pitié.

LE CHEVALIER.

Peut-être le Marquis n'a pas dit à la lettre
La vérité des traits que j'ai pu me permettre,
Monſieur ; & je ſerois honteux, déſeſpéré,
Si contre votre fils....

FONTAUBIN.

Non, ſoyez aſſuré,
Que ſi je n'entends pas la voix de la nature
Qui doit parler pour lui, la raiſon bien plus ſûre
M'en a donné la force, & grace à vos avis,
M'a fait apprécier ce ridicule fils,
Vaincre ce ſentiment, foible inſtinct, faux oracle,
Qui, dit-on, nous éclaire à travers tout obſtacle

En

En faveur d'un enfant que l'on ne connoît pas:
Sur cela je n'ai point eu le moindre embarras.
Ce systême est si faux que ma tendresse extrême,
Qui se tait pour ce fils, me parle pour vous-même.
Oui, certain mouvement qu'on ne peut définir,
Me porte à vous aimer, & même à vous servir:
Et quand je vous le dis, mon cher, ma tendre estime
Est plus puissante encor que je ne vous l'exprime.

LE CHEVALIER *transporté.*

Monsieur, est-il possible? Ah! vous me ravissez..:
Cependant.... votre fils... Non, ce n'est pas assez;
Non, vous ne pouvez pas, sans lui faire injustice,
M'aimer & l'oublier; il n'est vertu ni vice
Qui ne nous soient communs: même éducation
A fait sur nos deux cœurs la même impression;
Et vous l'aimez en moi, quand vous daignez m'apprendre
Que vous avez pour moi l'amitié la plus tendre.

FONTAUBIN.

Tu t'efforces en vain de le rendre à mes yeux
Aussi sage que toi: tu feras beaucoup mieux
De ne point varier, mon cher, sur ce chapitre,
Nous ne t'en croirions plus; mais venons à l'épître
Qui doit du Chevalier nous débarrasser tous;
C'est pour tous nos projets le moyen le plus doux.
Le Marquis sans obstacle, en épousant Orphise,
Avec elle obtiendra toute la dot promise,
Et toi l'autre cousine. Allons, garçon sensé,
A composer la lettre aide-moi, Dorancé.

LE CHEVALIER.

Qui ! moi ?

FONTAUBIN.

Sans doute, toi.

LE CHEVALIER *à part.*

Que mon ame est craintive !
(*Haut.*) Que faut-il faire ?

FONTAUBIN.

Il faut que toi-même l'écrive,
Afin qu'il soit plus sûr que c'est la vérité
Que dans ta lettre ici son pere t'a dicté ;
Il pourroit bien douter de toute autre écriture.

LE CHEVALIER *se met à la table.*

Vous le voulez ? dictez. (*à part.*) O mon pere !
ô nature !

FONTAUBIN *dicte.*

Votre présence ici dérangeroit, Monsieur....

LE CHEVALIER *répete.*

Monsieur.

(*Il dit.*) Pourquoi lui refuser le tendre nom de fils ?
Comme lui, je le sens, il en sera surpris.

FONTAUBIN.

Tout comme il lui plaira ; *mon fils*, est puérile,
Et Monsieur, est le mot qui convient à mon style.

LE CHEVALIER *relit.*

Votre présence ici dérangeroit, Monsieur,

FONTAUBIN *dicte.*

Les différens projets que j'ai formés....

LE CHEVALIER *répete.*

Que j'ai formés.

FONTAUBIN *dicte.*

Oronte qui vous a si mal élevé, vous y tiendra lieu, à ma place, d'un pere peu curieux de vous voir.

(*Il dit.*) Arrange tout cela.

LE CHEVALIER *dit.*

Monsieur, très-volontiers.
(*Il relit.*) Curieux de vous voir.

FONTAUBIN.

Mets donc les mots entiers,
Peu curieux, te dis-je: il faut bien prendre garde,
Ce mot est important.

LE CHEVALIER.

Pardon, si je hazarde....

FONTAUBIN.

Ecris donc *peu*.

LE CHEVALIER.

(*Il dit.*) Soit. (*Il écrit.*) Peu curieux de vous voir.

FONTAUBIN.

Fort bien.

LE CHEVALIER.

Vous voulez donc qu'il perde tout espoir?

FONTAUBIN.

Je finis.

(*Il dicte.*) *Et Dorancé que j'aime, remplira ici votre place, au moins pour quelque temps.*

LE CHEVALIER *se leve pour l'embrasser.*

Ah! souffrez que ma reconnoissance...
Et mon tendre respect.... (*à part.*) Romprai-je le silence?
Non, Oronte m'a dit qu'il n'en étoit pas temps.

FONTAUBIN.

Je n'ai plus qu'à signer?

(*Il signe.*)

Ne perdons point d'instans.
Ecris pour toi deux mots qui finiront la lettre.

(*Il range des papiers, & dit à part & haut pendant que le Chevalier écrit.*)

Monsieur mon pere... en vain vous vouliez vous promettre...

(*Au Chevalier.*) Qu'as-tu donc ajouté ?

LE CHEVALIER *lit.*

Mon ami, malgré le chagrin que te cauſe cette lettre, j'eſpère encore que ton pere reviendra de ſa prévention : j'ai une forte raiſon de croire qu'il t'aime déja plus qu'il ne penſe. Adieu.

FONTAUBIN *étonné.*

Bon !

LE CHEVALIER.

Vous ſçaurez ma raiſon.
Et c'eſt à votre lettre un vrai contre-poiſon :
Je connois votre fils vertueux & ſenſible ;
Votre haine pour lui, Monſieur, ſeroit horrible ;
Par quelqu'eſpoir au moins il faut le raſſurer,
Et je ſçais, malgré vous, qu'il a droit d'eſpérer...

FONTAUBIN.

Oui, mais ſi cet eſpoir dans ces lieux nous l'améne,
Tu ſens bien l'embarras & la cruelle géne,
Où ſa préſence ici pourroit tous nous jetter ;
Pour ton propre intérêt tu dois l'en écarter.

LE CHEVALIER.

Je dois vous obéir, votre fils m'intéreſſe ;
Mais il aura la lettre.

FONTAUBIN.

Au plutôt, elle preſſe.

LE CHEVALIER.

Je vais, pour l'envoyer, achever le paquet;
Et c'est tout comme si votre fils la tenoit.
Vous en aurez, Monsieur, une réponse prompte.

Fontaubin sort.

LE CHEVALIER *continue.*

Voyons de ce billet ce que veut faire Oronte.

Fin du quatriéme Acte.

ACTE V.

SCENE PREMIERE.

Mde DORIGNY, LE CHEVALIER.

LE CHEVALIER.

OUI, Madame, le Ciel a fait en ma faveur
Plus que je n'espérois : enchanté du bonheur
De vous aimer, Julie, avant de me connoître,
Par vous j'ai ressenti le premier plaisir d'être ;
Et de vous obtenir, ayant perdu l'espoir,
Rien n'égaloit en moi celui de vous revoir.

Mde DORIGNY.

Vous souffriez ; mais moi ! jugez s'il est possible,
Par vous-même, combien mon destin fut horrible;
Lorsque, pour obéir à de cruels parens,
Il me fallut cacher ces tendres sentimens,
Les premiers de mon ame, & céder en victime
Au pouvoir d'un époux peu fait pour mon estime :
De tous ces maux mon cœur est bien récompensé,
Puisque je vous retrouve, ah ! mon cher Dorancé.

LE CHEVALIER.

De ce nom supposé vous connoissez l'histoire:
Que celui de Julie est cher à ma mémoire!
Ah! quel bonheur, après vos nœuds mal assortis,
Que nos cœurs pour jamais se trouvent réunis!

Mde DORIGNY.

Nous devons ce bonheur à l'estimable Oronte,
Son amitié pour vous a sçu me rendre compte
De tout ce qu'il a fait; ses soins bien entendus
Ont ouvert votre cœur à toutes les vertus.

LE CHEVALIER.

Il a rendu mon sort déja digne d'envie,
Puisque vous me trouvez digne d'être à Julie:
Un seul chagrin me trouble, & vous n'ignorez pas,
Si l'on vous a tout dit, quel est mon embarras.

Mde DORIGNY.

Je sçais que prévenu contre vous votre pere
Qui ne vous connoît pas, n'aime que votre frere:
A quel prix que ce soit il faut le désarmer,
Et trouver le moyen de vous en faire aimer.

LE CHEVALIER.

Si vous y consentez, j'aurai quelqu'espérance
D'obtenir dès ce jour toute sa bienveillance;
Mais c'est à vos dépens, par moi je ne peux rien:
Et puis-je disposer déja de votre bien?

Mde DORIGNY.

Tout ce bien est à vous; & quoi qu'il nous en coute,
Sur un si beau dessein ne formez aucun doute:

Je ratifierai tout, profitez des instans,
Et vous m'en instruirez quand il en sera temps.

LE CHEVALIER.

Ce conseil à mon cœur vous rend encor plus
chere,
Et je vais vous devoir & mon pere & mon frere.

SCENE II.

Mde DORIGNY, LE CHEVALIER, ORONTE.

ORONTE *avec gaieté.*

ENfin nous les tenons; & tout bien combiné,
Ma foi, Monsieur mon fils sera fort étonné
De voir jusqu'à quel point au gré de notre ruse,
Son esprit prévenu sur ton compte s'abuse:
Oui, je serai charmé de forcer ce docteur
De convenir ici de toute son erreur.
La lettre qu'il t'écrit, suffit pour le confondre:
(*Il montre une lettre non cachetée.*)
Tiens, voilà, mon enfant, ce qu'il faut y répondre.

LE CHEVALIER *après avoir lu tout bas.*

Ah! Monsieur, pardonnez à ma réflexion:
La réponse est trop vive, & votre intention
Est de me mériter l'amitié de mon pere;
Par-là je ne ferois qu'irriter sa colére:

Songez qu'il eſt mon pere, & qu'il ſeroit ſurpris...

ORONTE.

Mais toi, ſonges-tu bien auſſi qu'il eſt mon fils,
Et que depuis hier en bute à ſon caprice,
Je ſupporte avec toi ſa cruelle injuſtice?

LE CHEVALIER.

Oui, mais la paix ſera bientôt faite entre vous;
Et moi, je peux reſter l'objet de ſon courroux.

ORONTE.

Il eſt vrai que c'eſt toi qui réponds dans la lettre,
Que ſon ſtyle trop vif pourroit te compromettre:
Rends-la-moi, je ſçaurai la tourner à mon nom,
Et ſans rien ménager lui faire ſa leçon.
Parbleu, mon très-cher fils, j'aurai donc l'avantage
De vous rendre peut-être une autre fois plus ſage.

LE CHEVALIER *garde la lettre.*

Non, en adouciſſant certains traits, quelques mots,
La lettre peut ſervir; il eſt même à propos
Qu'elle m'offre à ſes yeux le moyen de paroître,
Et j'en profiterai pour me faire connoître.

M^de^ DORIGNY.

Je crois qu'il a raiſon.

ORONTE.

Fais comme tu voudras,
Mais promptement; ſur-tout ne te chagrine pas.

LE CHEVALIER.

J'entens quelqu'un, je vais faire cette réponſe
Au nom du Chevalier, dans peu je vous l'annonce.
Il ſort.

SCENE III.

Mde DORIGNY, ORONTE.

ORONTE.

QUe je vais triompher ! Madame, c'eſt pour vous
Que j'ai pris tous ces ſoins : vous eutes un époux
Indigne, à tous égards, de votre bienveillance ;
Vous trouverez, je crois, un peu de différence
Dans celui que mon cœur prit plaiſir à former.

Mde DORIGNY.

Je ſçais depuis long-temps combien je dois l'aimer;
Auſſi je ne crains point dans mon bonheur extrême
De vous dire tout haut, Monſieur, combien je l'aime.

SCENE IV.

Mde DORIGNY, ORONTE, LE MARQUIS, ORPHISE.

ORONTE.

Eh bien! vous voilà donc, couple heureux & charmant,
Qui sçavez si bien l'art d'unir au sentiment
Cette légéreté, cette douce inconstance,
Qui vous rend les époux les plus contens de France:
Vous êtes tous les deux assez bien assortis,
Je vous en félicite, & je m'en réjouis.

LE MARQUIS.

En bravant de l'amour les tourmens, les alarmes,
Des plaisirs de l'hymen nous connoîtrons les charmes;
Ce Dieu, loin de fixer notre captivité,
Sera le protecteur de notre liberté.

ORPHISE.

Oui, comme chaque objet a plus d'un point de vuë,
L'hymen donne à son joug plus ou moins d'étenduë,

Selon le goût des gens ; & le plus malheureux
N'est pas toujours celui qui serre moins ses nœuds.

ORONTE.

Vous serez, je le vois, des époux à la mode ;
J'aurois beau critiquer ici votre méthode,
Je n'y gagnerois rien. Sur un autre intérêt
Il faut sincérement me parler, s'il vous plaît.
(*A Mde Dorigny.*) Je vais à leur bon cœur causer une surprise....
(*Au Marquis.*) Comptez-vous profiter, en épousant Orphise,
De la brillante dot portée au testament ?

LE MARQUIS *avec embarras.*

Orphise sur cela dira son sentiment.

ORPHISE *avec le même embarras.*

De cet objet, Marquis, je vous laisse le maître ;
Vous pouvez décider.

Mde. DORIGNY.

A ce qu'on peut connoître,
Vous allez disputer de générosité.

ORONTE *à Orphise.*

Pour moi, je crois qu'il faut avec égalité
Partager cette somme, & qu'en bonne cousine
De votre part ainsi la chose se termine :
(*A Mde Dorigny.*) Je sens bien que Madame, épousant Dorancé,
Au legs du testament semble avoir renoncé ;
Mais est-il juste enfin...,

ORPHISE.

Je ne ſuis pas maîtreſſe
De ſuivre ſur cela le penchant qui me preſſe ;
Le Marquis, en ce jour devenant mon époux,
Peut ſeul ſur cet objet décider entre nous.

LE MARQUIS.

Non, Madame, & de moi vous auriez à vous plaindre,
Sur un bien tout à vous, ſi j'oſois vous contraindre.

ORONTE.

Fort bien, c'eſt s'en tirer aſſez habilement
Que de vous renvoyer la balle adroitement ;
Je n'attendois pas moins du bon cœur qui vous guide.

ORPHISE.

Monſieur Fontaubin vient, que lui-même en décide ;
Je n'appellerai point de ſa déciſion.

M^{de} DORIGNY.

Orphiſe, croyez-moi, laiſſons la queſtion.

ORONTE.

Elle n'eſt de ma part qu'une pure malice ;
Et malgré vous, dans peu, vous vous rendrez juſtice.

SCENE V.

LES ACTEURS PRÉCEDENS, FONTAUBIN.

ORONTE.

VEnez, Monſieur, mon fils, le temps approche enfin,
Où de tous nos débats nous allons voir la fin.

FONTAUBIN.

Dans tout ceci, Monſieur, j'entrevois avec peine
Que pour le Chevalier votre tendreſſe vaine
Renonce à tous les fruits d'une éducation,
Qui répond aſſez mal à votre intention.
Elle étoit bonne; mais votre fauſſe méthode
D'élever cet enfant ſuivant l'ancienne mode,
Comme je le craignois, a trompé votre eſpoir.

ORONTE.

Mon cher fils, doucement, c'eſt ce qu'il faudra voir.
Le Chevalier qu'ici vous jugez ſans l'entendre,
Peut-être en paroiſſant pourroit bien vous ſurprendre,
Et ſans trop augurer de ſa capacité,
Malgré vous, vous avoir auſſi de ſon côté.

LE MARQUIS.

Au moins à quelque temps la partie est remise,
Le Chevalier ne peut nous causer de surprise;
Mon pere vient d'écrire, & positivement,
Que puisque la Province étoit son élément,
Il pouvoit y rester avec sa douce amie.

ORONTE.

Mais avant qu'il soit peu, moi je vous certifie,
Et positivement, qu'ici vous le verrez;
Que même, malgré vous, oui, vous l'estimerez.

FONTAUBIN.

Moi! soit. En attendant, nous pouvons bien, mon pere,
D'Orphise & du Marquis sans lui finir l'affaire.

ORONTE.

Non, vous ne la pouvez finir sans Dorancé,
Puisque le Chevalier est par lui remplacé.
Il vient fort à propos.

SCENE VI. & derniére.

LES ACTEURS PRÉCEDENS, LE CHEVALIER.

ORONTE.

EH bien, quelle nouvelle?

LE CHEVALIER.

Vous pourrez à l'instant décider de mon zèle,

Connoître

Connoître ce qu'on doit penser du Chevalier.

ORONTE.

Et bientôt avec lui vous réconcilier.

LE CHEVALIER *à Fontaubin.*

Vous desiriez, Monsieur, une prompte réponse.
La voici.

Il lui remet une lettre cachetée.

FONTAUBIN *la prend.*

Quoi! déja? voyons ce qu'elle annonce.

ORONTE.

Ecoutons.

LE CHEVALIER *à part.*

Quel moment! il va fixer mon sort.

FONTAUBIN *décachete, & donne à lire au Chevalier, après avoir cherché dans ses poches.*

Dorancé, lis toi-même.

LE CHEVALIER *lit.*

Que ne ferois-je pas pour mériter la tendresse d'un pere à qui j'ai eu le malheur de déplaire sans en être connu?

FONTAUBIN.

Oh! vraiment j'aurai tort.

ORONTE.

Mais, sans doute, un moment, donnez-vous patience.

LE CHEVALIER *continue.*

L'amitié que vous avez pour Dorancé, me rassure.

FONTAUBIN.

A-t-il le sens commun avec son assurance?

ORONTE.

Plus que vous : achevons.

LE CHEVALIER *lit.*

Mais je tremble dans ce moment que votre prévention ne dure encore, quand vous sçaurez que ce Dorancé, que vous regardez d'un œil si favorable, n'est autre que votre fils.

(*A ses genoux il dit.*)

Le plus respectueux
Que la nature puisse accorder à vos vœux.

FONTAUBIN *au Chevalier.*

Quoi ! j'aurois le bonheur ! vous, mon fils !

LE CHEVALIER.

Oui, mon pere,
Sous ce nom dois-je encor craindre de vous déplaire ?

FONTAUBIN.

Non, levez-vous ; mon cœur que vous avez surpris,
Reconnoît aisément que vous êtes mon fils.

ORONTE.

N'en doutez plus, Monsieur ; oui, voilà cet éleve,
Qu'il faut qu'en ce moment votre tendresse acheve ;
Et dont le cœur sensible autant que généreux,
Si vous ne l'aimez pas, ne sçauroit être heureux.

FONTAUBIN.

Embrasse-moi, mon cher, mon ame prévenue
Revient de son erreur ; cette douce entrevue

Enchante tous mes ſens. (*A Oronte.*) Je n'oublirai jamais,
Mon pere, que je dois ce fils à vos bienfaits.

LE MARQUIS *au Chevalier.*

Mon frere... permettez que vous rendant juſtice...
Et mon cœur déteſtant pour vous tout artifice;
Enfin... ſoyez certain que ma confuſion....

LE CHEVALIER.

Vous répond pour jamais de mon affection:
Je mérite la vôtre; & mon zèle ſincére
Eſt trop récompenſé, ſi je retrouve un frere.

(*Il l'embraſſe.*)

Mde DORIGNY.

Ma couſine, je veux que vous me connoiſſiez,
Et qu'à mon tour auſſi vous me récompenſiez
Du tendre ſentiment que l'exemple m'inſpire.

ORPHISE.

Vous pouvez tout ſur moi.... (*à part.*) Que va-t-elle me dire?

Mde DORYGNY.

Nous épouſons chacune un fils de Fontaubin;
Mais je ne prétens point diſpoſer de ma main,
Si vous ne devenez, au lieu de ma couſine,
Ma véritable ſœur: ainſi je vous deſtine
La moitié de la dot; & c'eſt en l'acceptant
Que vous pouvez, ma ſœur, rendre mon cœur content.

LE CHEVALIER *à Mde Dorigny.*

Vous m'avez deviné, je vous en remercie.

ORPHISE *prend la main de Mde Dorigny.*

Ma cousine, ma sœur, encor plus mon amie,
Vous élevez mon ame à penser comme vous;
Je n'étois digne au vrai que de votre courroux.

ORONTE.

Mes enfans, dans vos cœurs que l'humanité brille;
Ne faisons plus enfin qu'une même famille,
Qui par les doux rapports d'une tendre union
Soit toujours à l'abri de la prévention.

FIN.

APPROBATION.

J'Ai lû, par ordre de Monseigneur le Vice-Chancelier, *Les deux Freres*, Comédie; & je crois qu'on peut en permettre l'impression. A Paris, le 17 Août 1768.

MARIN.

Le Privilége se trouve aux Œuvres de l'Auteur.

www.ingramcontent.com/pod-product-compliance
Ingram Content Group UK Ltd.
Pitfield, Milton Keynes, MK11 3LW, UK
UKHW020304220726
13923UKWH00003B/1004